THEODOR FONTANE

LEICHTE WOLKE, SEI MEIN WAGEN

Die schönsten Gedichte

Herausgegeben von Gotthard Erler

Aufbau Taschenbuch Verlag

Textgrundlage:
Theodor Fontane, Gedichte.
Hrsg. von Joachim Krueger und Anita Golz.
3 Bände, 2. Auflage, Aufbau-Verlag, Berlin 1995
(Große Brandenburger Ausgabe)

ISBN 3-7466-5269-3

3. Auflage 1999

Umschlaggestaltung Torsten Lemme
unter Verwendung des Gemäldes »Wiese«
von Alfred Sisley, 1875
Satz LVD GmbH, Berlin
Druck und Binden Clausen & Bosse, Leck
Printed in Germany

Am Waldessaume träumt die Föhre,
Am Himmel weiße Wölkchen nur

Natur, Liebe, Glück

Die Lerche und der Wandrer

Noch einmal schaut die Sonne
Rings auf die Erd umher
Und taucht dann majestätisch
Ins eigne Feuermeer.

Der Mond, der stolzen Sonne
Nie müder Bettelsmann,
Kommt blaß herangeschlichen
Und zeigt den Abend an.

Es stirbt das rege Leben,
Es feiert Wald und Flur,
Die Abendwinde schweigen,
Kaum atmet die Natur.

Rings herrschet Totenstille,
Nichts stört die heil'ge Nacht,
Denn selbst die Bäume sagten
Sich längst schon: gute Nacht!

Nur oben in den Lüften
Erklinget noch ein Lied,
Die Lerche singt melodisch
Der Erd ein Schlummerlied.

Jetzt eilt auch seinem Neste
Der muntre Sänger zu,
Da schaut er einen Wandrer
Noch immer ohne Ruh.

Der schaut mit starren Blicken
Hinauf zum Ätherraum
Und träumt mit wachen Augen
Gar einen schönen Traum.

Da singt die Lerche wieder
Die schönsten Melodien,
Viel schöne Schlummerlieder
Und singt sie nur für ihn.

Der Wandrer senkt die Augen
Zur Erde, – nicht zur Ruh,
Und ruft mit trübem Lächeln
Dem muntren Vöglein zu:

»Du leichtbeschwingter Sänger,
Was störest du mein Glück
Und gibst durch deine Lieder
Der Erde mich zurück!

Ich war in einem Himmel,
Wo ew'ge Wonne quillt,
Und küßte die Geliebte,
Ein liebes Engelsbild.«

Das Wasserröslein

Auf weichem Moos gebettet
Lag ich am Uferrand,
Wo schön und wunderprächtig
Ein Wasserröslein stand.

Es guckte mit dem Köpfchen
Neugierig aus der Flut,
Und nickte mir so freundlich,
Als spräch's: »Ich bin dir gut.«

Der Abend sank hernieder,
Die Erde ging zur Ruh,
Und ich, im Schaun versunken,
Schloß auch die Augen zu.

Da regt sich's in den Lüften,
Da tönt es in dem See,
Und sieh – mein Wasserröslein
Ward eine Wasserfee.

Die neigt sich zu mir nieder
Und blickt mich zärtlich an,
Und preßt die schönen Glieder
Verlockend an mich an.

Der Augen heiße Gluten,
Erfüllt von Sehnsuchtsschmerz,
Verwirren mir die Sinne,
Durchzittern mir das Herz.

Der Locken goldne Fülle
Schlingt sie um meinen Leib,
Und spricht so süße Worte,
Das wunderschöne Weib.

Da zieht's mich in die Wogen,
Sie küßt und herzt und lacht,
Doch, kaum hinabgezogen,
Bin plötzlich ich erwacht.

Der Sonne erste Strahlen
Vergolden Tal und Höh;
Verschwunden ist die Nixe,
Die schöne Wasserfee.

Ich seh das Röslein wieder,
Benetzt vom Wellenschaum; –
»Wo bist du, schöne Nixe!
War alles nur ein Traum?!«

Wintergruss

An Emilie

Laßt den Winter mich begrüßen!
Ja er soll willkommen sein,
Blüten läßt er mir ersprießen,
Bringt mir Frühlingssonnenschein.

Sind begraben auch die Auen,
Sind erstorben Wald und Flur,

Könntet ihr mein Herz erschauen,
Schautet ihr den Frühling nur.

Ja, da keimt es kräftig wieder,
Ja, da blüht ein Liederflor,
Und aus jedem dieser Lieder
Lächelt mir dein Bild hervor.

Ja, mein liebes kleines Püppchen,
All mein Grollen ist dahin,
Seit von deinen Rosen-Lippchen
Floh der garst'ge Eigensinn.

Seit du, ohne Widerstreben,
All dein Unrecht anerkannt,
Ist dir alles ja vergeben,
Bin ich fest an dich gebannt.

In mir regt sich neues Leben,
Warm wird mir das kalte Herz,
Mit mir fühl ich sich verweben
Freud und Frohsinn, Lust und Scherz.

Mädchen, Herzchen, die Bekehrung
Hat der Winter mir gebracht,
Und ich zoll ihm die Verehrung,
Die sonst nur dem Lenze lacht.

Laßt den Winter mich begrüßen!
Ja, er soll willkommen sein,
Blüten läßt er mir ersprießen,
Bringt mir Frühlingssonnenschein!

AUS DER FERNE

Wolken eilen, wie geflügelt,
Windesschnell am Himmel hin; –
Könnt ich doch so ungezügelt
In die weite Ferne ziehn.

Lüfte wehen, Wellen rauschen
Ungestüm durch Wald und Flur; –
Könnte ich mit ihnen tauschen,
Zu dem Liebchen zög ich nur.

»Leichte Wolke, sei mein Wagen,
Flücht'ger Wind, sei du mein Roß,
Laßt mich dann zum Liebchen jagen
Und entfliehn dem Sorgentroß!«

Doch es ziehn die Himmelsschleier
Ohne mich zur Ferne hin;
Über mir wird's wolkenfreier,
Aber trüber wird mein Sinn.

Und die schnellen Lüfte tragen
Nur dies Lied zu meinem Lieb;
Nur beteuern ihm die Klagen:
Wie gar treu mein Herz verblieb. –

Am Heil'gen Abend

Fröhlich zog ich meine Straße,
Sang ein liebes, altes Lied,
Das in meiner Brust erklungen,
Eh die Liebe von mir schied.

Plötzlich tönen Kirchenglocken
Aus der Ferne zu mir her,
Meine frohen Lieder stocken,
Und das Singen geht nicht mehr.

Kündet doch des Turms Geläute,
Daß ein Feiertag beginnt,
Daß der Heil'ge Abend heute
Und die Ostern morgen sind.

Staunt ihr, daß bei solcher Kunde
Meine Freude mich verläßt?!
Ach mein Herz, das ich begraben,
Feiert nicht sein Osterfest!

In Emilies Stammbuch

Ich habe oft, wenn mich geblendet
Der Sonne zauberhafte Pracht,
Und ich mich von ihr abgewendet,
In meinem Herzen dein gedacht.

Wie ohne Sonne mir die Erde
Nur schien ein grabesdunkler Schacht,
Gleicht – wenn ich von dir scheiden werde,
Mein ganzes Leben einer Nacht.

Hochzeit

Im Grafenschlosse drüben
Tobt laut der Freude Sturm,
Und in der Mühle hüben
Pickt leis der Totenwurm.
Im Schlosse heut vereinet
Die *Braut* dem Grafen sich,
Und in der Mühle weinet
Sein *Liebchen* bitterlich.

Im Grafenschlosse drüben
Erstirbt der Freude Sturm,
Doch in der Mühle hüben
Pickt noch der Totenwurm.
Im Schloß nach Gattenweise
Der Graf die Braut umschlingt,
Und in der Mühle leise
Es nach dem Liebchen winkt.

Im Grafenschlosse drüben
Erlosch der Freude Sturm,
Und in der Mühle hüben
Schweigt selbst der Totenwurm.
Die Gräfin, süß gekettet,
Entschlief im Brautgemach,
Das Liebchen, tief gebettet,
Ruht aus im Mühlenbach.

In Leidenschaft

I

Kühle, Schnee, mit deinen Flocken
Mir die fieberheiße Stirn;
Sturm, durchfege meine Locken,
Kühle, kühle mir das Hirn.

Doch als ob der Samum träfe
Mein erglühend Angesicht,
Pochen lauter nur die Schläfe,
Und der Schnee erquickt mich nicht.

Mädchen nein, eh deine Flammen
Nicht mit meines Herzens Glut
Schlagen himmelhoch zusammen,
Kühlt nicht Sturm, nicht Schnee mein Blut.

II

Braute neue Liebestränke
Mir die ganze Hexenzunft?
Sünd ist alles, was ich denke,
Und entthront ist die Vernunft.

Was ich habe und umschlinge,
Ist kein Wecker meiner Lust,
Und was nimmer ich erringe,
Möcht ich pressen an die Brust.

Weinend, und mich selbst verfluchend,
Bin ich in den Wald geeilt,
Ruhe, süße Ruhe suchend,
Wo der Friede Gottes weilt.

Und der Himmel lacht und funkelt,
Klar ist Luft und Quell und Fluß;
Doch die Seele mein umdunkelt
Stetes Trachten nach Genuß.

Und verschlossen bleibt die Wonne
Mir, und Schönheit, der Natur,
Trübe blick ich in die Sonne,
Und gewahr die – Flecken nur.

DER ERSTE SCHNEE

Herbstsonnenschein. Des Winters Näh
  Verrät ein Flockenpaar;
Es gleicht das erste Flöckchen Schnee
  Dem ersten weißen Haar.

Noch wird – wie wohl von lieber Hand
  Der erste Schnee dem Haupt –
So auch der erste Schnee dem Land
  Vom Sonnenstrahl geraubt.

Doch habet acht! mit einem Mal
  Ist Haupt und Erde weiß,
Und Liebeshand und Sonnenstrahl
  Sich nicht zu helfen weiß.

MEINE BRAUT

Wenn der Tag zur Ruh gegangen
Und des Abends Dämmrung graut,
Naht, mich liebend zu umfangen,
Meine heißersehnte Braut.

Aus der Hülle schwarzer Schleier
Mir allein ihr Antlitz lacht,
Himmlischer als sich ein Freier
Die Geliebte je gedacht.

Rein das Herz – gleich Glockentönen –
Trägt ihr Haupt den keuschen Mond
Würd'ger als er auf der schönen
Stirne der Diana thront.

Millionen Diamanten
Schmücken ihr das Rabenhaar,
Unermüdliche Trabanten
Bilden ihre Dienerschar;

Und an ihrem Busen hauch ich
Aus, mein Weh und Herzeleid,
Denn aus ihren Küssen saug ich
Mir der Dichtung Seligkeit.

Alles still!

Alles still! es tanzt den Reigen
   Mondenstrahl in Wald und Flur,
Und darüber thront das Schweigen
   Und der Winterhimmel nur.

Alles still! vergeblich lauschet
   Man der Krähe heisrem Schrei,
Keiner Fichte Wipfel rauschet
   Und kein Bächlein summt vorbei.

Alles still! die Dorfes-Hütten
   Sind wie Gräber anzusehn,
Die, von Schnee bedeckt, inmitten
   Eines weiten Friedhofs stehn.

Alles still! nichts hör ich klopfen
   Als mein Herze durch die Nacht; –
Heiße Tränen niedertropfen
   Auf die kalte Winterpracht.

DAS FISCHERMÄDCHEN

Steht auf sand'gem Dünenrücken
Eine Fischerhütt am Strand;
Abendrot und Netze schmücken
Wunderlich die Giebelwand.

Drinnen spinnt und schnurrt das Rädchen,
Blaß der Mond ins Fenster scheint,
Still am Herd das Fischermädchen
Denkt des letzten Sturms und – weint.

Und es klagen ihre Tränen:
»Weit der Himmel, tief die See,
Doch noch weiter geht mein Sehnen,
Und noch tiefer ist mein Weh.«

IM GARTEN

Die hohen Himbeerwände
Trennten dich und mich,
Doch im Laubwerk unsre Hände
Fanden von selber sich.

Die Hecke konnt es nicht wehren,
Wie hoch sie immer stund:
Ich reichte dir die Beeren
Und du reichtest mir deinen Mund.

Ach, schrittest du durch den Garten
Noch einmal in raschem Gang,
Wie gerne wollt ich warten,
Warten stundenlang.

Glück

Sonntagsruhe, Dorfesstille,
Kind und Knecht und Magd sind aus,
Unterm Herde nur die Grille
Musizieret durch das Haus.

Tür und Fenster blieben offen,
Denn es schweigen Luft und Wind,
In uns schweigen Wunsch und Hoffen,
Weil wir ganz im Glücke sind.

Felder rings, – ein Gottessegen
Hügel auf- und niederwärts,
Und auf stillen Gnadenwegen
Stieg auch *uns* er in das Herz.

Memento

Geliebte, willst du doppelt leben,
So sei des Todes gern gedenk,
Und nimm, was dir die Götter geben,
Tagtäglich hin wie ein Geschenk.

Mach dich vertraut mit dem Gedanken,
Daß doch das Letzte kommen muß,
Und statt in Trübsinn hin zu kranken,
Wird dir das Dasein zum Genuß.

Du magst nicht länger mehr vergeuden
Die Spanne Zeit in eitlem Haß,
Du freust dich reiner deiner Freuden
Und sorgst nicht mehr um dies und das.

Du setzest an die rechte Stelle
Das Hohe, Göttliche der Zeit,
Und jede Stunde wird dir Quelle
Gesteigert neuer Dankbarkeit.

»Und alles ohne Liebe«

Die Mutter spricht: »Lieb Else mein,
Wozu dies Grämen und Härmen?
Man lebt sich ineinander ein,
Auch ohne viel zu schwärmen;
Wie manche nahm schon ihren Mann,
Daß sie nicht sitzen bliebe,
Und dünkte sich im Himmel dann
Und – alles ohne Liebe.«

Jung-Else hört's. Sie schloß das Band,
Das ew'ge, am Altare,
Und lächelnd nahm des Gatten Hand
Den Kranz aus ihrem Haare;
Ihr war's, als ob ein glühend Rot
Sich auf die Stirn ihr schriebe,
Sie gab ihr Alles, nach Gebot,
Und – alles ohne Liebe.

Der Mann ist schlecht: er liebt das Spiel
Und guten Trunk nicht minder,
Sein Weib zu Hause weint zu viel,
Und ewig schrein die Kinder;
Spät kommt er heim; er kost, er schlägt,
Nachgiebig jedem Triebe,
Sie trägt's, wie nur die Liebe trägt,
Und – alles ohne Liebe.

Sie wünscht sich oft, es wär vorbei,
Wenn nicht die Kinder wären,
So aber sucht sie stets aufs neu
Zum Guten es zu kehren,
Sie schmeichelt ihm, und ob er dann
Auch kalt bei Seit sie schiebe,
Sie nennt ihn »ihren liebsten Mann«
Und – alles ohne Liebe.

Sylvester-Nacht

Das Dorf ist still, still ist die Nacht,
Die Mutter schläft, die Tochter wacht,
Sie deckt den Tisch, sie deckt für zwei,
Und sehnt die Mitternacht herbei.

Wem gilt die Unruh? wem die Hast?
Wer ist der mitternächt'ge Gast?
Ob ihr sie fragt, sie kennt ihn nicht,
Sie weiß nur, was die Sage spricht.

Die spricht: wenn wo ein Mädchen wacht
Um zwölf in der Sylvesternacht,
Und wenn sie deckt den Tisch für *zwei*,
Gewahrt sie, wer ihr Künft'ger sei.

Und hätt ihn nie gesehn die Maid,
Und wär er hundert Meilen weit,
Er tritt herein und schickt sich an,
Und ißt und trinkt, und scheidet dann. –

Zwölf schlägt die Uhr, sie horcht erschreckt,
Sie wollt, ihr Tisch wär ungedeckt,
Es überfällt sie Angst und Graun,
Sie will den Bräutigam nicht schaun.

Fort setzt der Zeiger seinen Lauf,
Niemand tritt ein, sie atmet auf,
Sie starrt nicht länger auf die Tür, –
Herr Gott, da sitzt er neben ihr.

Sein Aug ist glüh, blaß sein Gesicht,
Sie sah ihn all ihr Lebtag nicht,
Er blitzt sie an, und schenket ein,
Und spricht: »Heut nacht noch bist du mein.

Ich bin ein stürmischer Gesell,
Ich wähle rasch und freie schnell,
Ich bin der Bräut'gam, du die Braut,
Und bin der Priester, der uns traut.«

Er faßt sie um, ein einz'ger Schrei,
Die Mutter hört's und kommt herbei;
Zu spät, verschüttet liegt der Wein,
Tot ist die Tochter und – allein.

Winterabend

Da draußen schneit es: Schneegeflimmer
Wies heute mir den Weg zu dir;
Ein tret ich in dein traulich Zimmer,
Und warm ans Herze fliegst du mir –
Ab schüttl ich jetzt die Winterflocken,
Ab schüttl ich hinterdrein die Welt,
Nur leise noch von Schlittenglocken
Ein ferner Klang herübergellt.

»Nun aber komm, nun laß uns plaudern
Vom eignen Herd, von Hof und Haus!«
Da baust du lachend, ohne Zaudern,
Bis unters Dach die Zukunft aus;
Du hängst an meines Zimmers Wände
All meine Lieblingsschilderein,
Ich seh's und streck danach die Hände,
Als müß es wahr und wirklich sein.

So flieht des Abends schöne Stunde,
Vom fernen Turm tönt's Mitternacht,
Die Mutter schläft, in stiller Runde
Nur noch die Wanduhr pickt und wacht.
Ade, ade! von warmen Lippen
Ein Kuß noch, – dann in Nacht hinein:
Das Leben lacht, trotz Sturm und Klippen,
Nur Steurer muß die Liebe sein.

Mein Herze, glaubt's, ist nicht erkaltet

Mein Herze, glaubt's, ist nicht erkaltet,
Es glüht in ihm so heiß wie je,
Und was ihr drin für Winter haltet,
Ist Schein nur, ist gemalter Schnee.

Doch was in alter Lieb ich fühle,
Verschließ ich jetzt in tiefstem Sinn,
Und trag's nicht fürder ins Gewühle
Der ewig kalten Menschen hin.

Ich bin wie Wein, der ausgegoren:
Er schäumt nicht länger hin und her,
Doch was nach außen er verloren,
Hat er an innrem Feuer mehr.

Sprüche

1

Nicht Glückes-bar sind deine Lenze,
Du forderst nur des Glücks zu viel;
Gib deinem Wunsche Maß und Grenze,
Und dir entgegen kommt das Ziel.

Wie dumpfes Unkraut laß vermodern,
Was in dir noch des Glaubens ist:
Du hättest doppelt einzufodern
Des Lebens Glück, weil *du* es bist.

Das Glück, kein Reiter wird's erjagen,
Es ist nicht dort, es ist nicht hier;
Lern überwinden, lern entsagen,
Und ungeahnt erblüht es dir.

2

Laß ab von diesem Zweifeln, Klauben,
Vor dem das Beste selbst zerfällt,
Und wahre dir den vollen Glauben
An diese Welt *trotz* dieser Welt.

Schau hin auf eines Weibes Züge,
Das lächelnd auf den Säugling blickt,
Und fühl's, es ist nicht alles Lüge,
Was uns das Leben bringt und schickt.

Und Herze, willst du ganz genesen,
Sei selber wahr, sei selber rein!
Was wir in Welt und Menschen lesen,
Ist nur der eigne Widerschein.

3

Sag an: »Es fällt von deinem Haupte
Kein Haar, von welchem Gott nicht weiß« –
Und was der Tag uns Größres raubte,
Das fiele nicht auf sein Geheiß?!

Trag es, wenn seinen Schnee der Winter
In unser Hoffen niederstiebt,
Ein ganzer Frühling lacht dahinter:
Gott züchtigt immer, wen er liebt.

Laß in dem Leid, das er beschieden,
Den Keim uns künft'gen Glückes schaun,
Dann kam der Tag, wo Freud und Frieden
In unsrem Herzen Hütten baun.

4

Es kann die Ehre dieser Welt
Dir keine Ehre geben,
Was dich in Wahrheit hebt und hält,
Muß in dir selber leben.

Wenn's deinem Innersten gebricht
  An echten Stolzes Stütze,
Ob dann die Welt dir Beifall spricht,
  Ist all dir wenig nütze.

Das flücht'ge Lob, des Tages Ruhm
  Magst du dem Eitlen gönnen;
Das aber sei dein Heiligtum:
  Vor *dir* bestehen können.

5

Beutst du dem Geiste seine Nahrung,
  So laß nicht darben dein Gemüt,
Des Lebens höchste Offenbarung
  Doch immer aus dem Herzen blüht.

Ein Gruß aus frischer Knabenkehle,
  Ja mehr noch, eines Kindes Lalln,
Kann leuchtender in deine Seele
  Wie Weisheit aller Weisen falln.

Erst unter Kuß und Spiel und Scherzen
  Erkennst du *ganz*, was Leben heißt;
O lerne denken mit dem Herzen,
  Und lerne fühlen mit dem Geist.

6

Du wirst es nie zu Tücht'gem bringen
  Bei deines Grames Träumerein,
Die Tränen lassen nichts gelingen,
  Wer schaffen will, muß fröhlich sein.

Wohl Keime wecken mag der Regen,
  Der in die Scholle niederbricht,
Doch golden Korn und Erntesegen
  Reift nur heran bei Sonnenlicht.

7

Tritt ein für deines Herzens Meinung
Und fürchte nicht der Feinde Spott,
Bekämpfe mutig die Verneinung,
So du den Glauben hast an Gott.

Wie Luther einst, in festem Sinnen,
So sprich auch du zu Gottes Ehr,
»Ich geh nach Worms, und ob da drinnen
Jedweder Stein ein Teufel wär!«

Und peitscht dich dann der Witz mit Ruten,
Und haßt man dich, – o laß, o laß!
Mehr noch als Liebe aller Guten
Gilt aller Bösen Hohn und Haß.

8

Die Menschen lassen vieles gelten:
Vor allem lieben sie dich *stumm*:
Doch willst du klagen, willst du schelten, –
Auch das, man kümmert sich nicht drum.

Nur, willst du rasch die Gunst verscherzen,
So zeig ein Fünkchen Seligkeit, –
Man wünscht dir Glück »von ganzem Herzen«
Und birst vor rückgestautem Neid.

9

Es äfft dich nur dies Rennen, Traben
Nach golden mußevoller Zeit,
Wenn du die Ruhe glaubst zu haben,
Dann eben ist sie doppelt weit.

Auf weichem Pfühl, auf samtnen Kissen,
Wenn du sie hältst, wenn du sie hast,
Wirst du die Holde mehr vermissen
Als in des Tages Druck und Last.

All Labsal, was uns hier beschieden,
  Fällt nur in Kampf und Streit uns zu,
Nur in der Arbeit wohnt der Frieden
  Und in der Mühe wohnt die Ruh.

10

Man wird nicht besser mit den Jahren,
  Wie sollt es auch, man wird bequem
Und bringt, um sich die Reu zu sparen,
  Die Fehler all in ein System.

Das gibt dann eine glatte Fläche,
  Man gleitet unbehindert fort,
Und »allgemeine Menschenschwäche«
  Wird unser Trost- und Losungswort.

Die Fragen alle sind erledigt,
  Das eine geht, das andre nicht,
Nur manchmal eine stumme Predigt
  Hält uns der Kinder Angesicht.

11

Du darfst mißmutig nicht verzagen,
  In Liebe nicht noch im Gesang,
Wenn mal ein allzu kühnes Wagen,
  Ein Wurf im Wettspiel dir mißlang.

Wes Fuß wär niemals fehlgesprungen?
  Wer lief nicht irr auf seinem Lauf?
Blick hin auf das, was dir gelungen,
  Und richte so dich wieder auf.

Vorüber ziehn die trüben Wetter,
  Es lacht aufs neu der Sonne Glanz,
Und ob verwehn die *welken* Blätter,
  Die *frischen* schlingen sich zum Kranz.

Und der Hermundure stottert beklommen:
»Gott, ist *die* Gegend runtergekommen.«

Politik und Gesellschaft

Der Kranich

Rauh ging der Wind, der Regen troff,
Schon war ich naß und kalt;
Ich macht auf einem Bauerhof
Im Schutz des Zaunes – halt.

Mit abgestutzten Flügeln schritt
Ein Kranich drin umher,
Nur seine Sehnsucht trug ihn mit
Den Brüdern übers Meer.

Mit seinen Brüdern, deren Zug
Jetzt hoch in Lüften stockt,
Und deren Schrei auch ihn zum Flug
Gen Süden ruft und lockt.

Und sieh, er hat sich aufgerafft,
Es gilt ja Lenz und Glück,
Umsonst! der Schwinge fehlt die Kraft,
Und ach, er sinkt zurück.

Und Hahn und Huhn zum Schabernack
Umkrähn ihn voller Freud;
Es jubelt stets das Hühnerpack
Bei eines Kranichs Leid.

GEDULD

Und Fluch vor allem der Geduld.
Faust

Ich muß mit meinem Volke hadern,
Im Arme Kraft, im Herzen Mut,
Und doch in den gesunden Adern,
Da pulst kein Tropfen rasches Blut.
Du gleichst dem unverständ'gen Knechte,
Dem einen Schatz der Herr geliehn,
Daß Zins er über Zinsen brächte, –
Und doch, wie du, vergrub er ihn.

Man kennt dich schon; und auf der Nase
Spielt man dir ohne große Scheu,
Man weiß es schon, er bleibt ein Hase,
Und wär er stärker noch der Leu; –
So zeig einmal die scharfen Zähne,
Und schlage mit dem mächt'gen Schweif,
Und schüttle endlich deine Mähne,
Denn glaub es mir, die Zeit ist reif.

Tret einer hin und straf mich Lügen; –
Hier waschen Russen uns den Kopf,
Dort übt sich Holland im Betrügen,
Und dreht uns ruhig einen Zopf.
Doch fünf ist immer bei uns grade,
Und ungehindert, hier und dort,
Zieht man die Haut uns ohne Gnade
Flugs über beide Ohren fort.

Ihr sprecht: »Wir haben keinen Willen,
Verwandtschaft ist an allem schuld,
Wir denken unser Teil im stillen,
Und fassen all uns in Geduld.«
Sprecht lieber: »Fluch den zahmen Tauben,
Die Fürstenhuld in Schlummer lullt,
Fluch unsrem ganzen Ammenglauben,
Und Fluch vor allem der Geduld.«

Berliner Republikaner

Der Apfel fällt nicht weit vom Stamme.

Berliner Jungen scharten sich
Vor ein'ger Zeit allabendlich
Nicht weit vom Kupfergraben,
Und schrieen gottserbärmiglich:
»Wir brauchen keenen Kenig nich,
Wir wollen keenen haben!«

Da endlich packt ein Fußgensdarm
Nicht eben allzu zart am Arm
Den allergrößten Jungen,
Und spricht: »He, Bursch, juckt dir das Fell?
Du Tausendsapperments-Rebell,
Was hast du da gesungen?«

Doch der Berliner comme-il-faut
Erwidert: »Hab Er sich nicht so,
Und laß Er sich begraben.
Wozu denn gleich so ängstiglich?
Wir brauchen keenen Kenig nich,
Weil – wir schon eenen haben.«

Lied eines Ausgewanderten

Im Westen geht die Sonne scheiden,
Und dunkel wird es, wie mein Sinn;
Ein Tag, wie immer reich an Leiden,
Und reich an Sehnsucht, schwand dahin.

Ich habe seit der Abschiedsstunde
Kein deutsches Antlitz mehr erblickt,
Und habe recht aus Herzensgrunde
Noch keine deutsche Hand gedrückt.

Die Tage und die Jahre bringen
Mir nur das eigne, deutsche Lied,

Und wer mich hört die Lieder singen,
Auch Tränen wohl im Auge sieht.

Ich bin von alledem geschieden,
Was meinem Herzen lieb und wert,
Und meiner Seele Ruh und Frieden
Wohl nimmer, nimmer wiederkehrt.

Und doch, ich gebe meine Wunden
Nicht um der Heimat Glück dahin; –
Das Kleinod hab ich *hier* gefunden,
Um das ich *dort* geschieden bin.

Und wie mein Herz von dannen trachtet,
Und nach der Heimat süßem Glück,
Nach Freundschaft und nach Liebe schmachtet; –
Die *Freiheit* hält mich doch zurück.

Preussisches Volkslied

(Bei Tafel zu singen)

Ja, man ist uns vieles schuldig,
Ja, wir könnten freier sein,
Doch geduldig nur, geduldig,
Auch die Freiheit stellt sich ein.
Und solange tapfer essen
Dürfen wir und schlürfen Wein,
Ei, da kann man schon vergessen,
Daß wir sollten freier sein.

Ja, man hat uns viel versprochen,
Hat uns stark den Hof gemacht,
Hat die Schwüre dann gebrochen
Und uns weidlich ausgelacht.
Doch, ihr Brüder, tapfer essen
Dürfen wir und schlürfen Wein,
Drum gegessen und vergessen,
Daß wir sollten freier sein.

Wo man geht und steht: »Bezahle!«
Heißt es wie nicht recht gescheit;
Wahrlich unsre Generale
Plündern uns in Friedenszeit.
Doch, ihr Brüder, tapfer essen
Dürfen wir und schlürfen Wein,
Drum gegessen und vergessen,
Daß wir sollten freier sein.

Ja, entsetzlich ist die Zeitung,
Wirkt wie bestes Opium,
So politisch ist die Leitung,
Daß wir stets politisch dumm.
Doch, ihr Brüder, tapfer essen
Dürfen wir und schlürfen Wein,
Drum gegessen und vergessen,
Daß wir sollten freier sein.

Ja, wir möchten laut versichern:
Das ist gut, und das ist schlecht,
Und nicht so verstohlen kichern,
Wenn ihr rechten Unsinn sprecht.
Doch, ihr Brüder, tapfer essen
Dürfen wir und schlürfen Wein,
Drum gegessen und vergessen,
Daß wir sollten freier sein.

Ja, man ist uns vieles schuldig,
Ja, wir könnten freier sein,
Doch geduldig, nur geduldig,
Auch die Freiheit stellt sich ein.
Und solange tapfer essen
Dürfen wir und schlürfen Wein,
Ei, da kann man schon vergessen,
Daß wir sollten freier sein.

Die Faust in der Tasche

Sieh, es geht der Krug zu Wasser
Nur so lange, bis er bricht,
Und sogar gesalbte Prasser
Prassen binnen kurzem nicht;
In mir glüht der Himmelsfunken,
All mein Sein ist liberal,
Und dem Prunken der Halunken
Mach ein End ich bald einmal.

Doch die Wände haben Ohren,
Und kaum weiß ich, wer du bist,
Und ich wäre schier verloren,
Hörte mich ein Polizist.

Von des großen Schillers Werken
Lieb ich nur den »Wilhelm Tell«,
Und ich trinke – mich zu stärken –
Oft aus diesem Freiheitsquell.
Als die Schillerwestenfeier
Neulich man begangen hat,
Klang begeisternd meine Leier
In dem Leipz'ger Tageblatt.

Doch die Wände haben Ohren,
Und kaum weiß ich, wer du bist,
Und ich wäre schier verloren,
Hörte mich ein Polizist.

Einen invaliden Polen
Lad ich täglich zu mir ein,
Und zwei Doppelterzerolen
Müssen stets geladen sein;
Ja, in meinem Hause wohnen
Zwei von der Studentenschaft,
Die sich – wie man sagt – *Kanonen*
Größter Sorte angeschafft.

Doch die Wände haben Ohren,
Und kaum weiß ich, wer du bist,
Und ich wäre schier verloren,
Hörte mich ein Polizist.

Frühlingslied

Der Frühling kam, der Weltbefreier,
Die Erde lebt und grünt und blüht,
Am Himmel keine Wolkenschleier,
Und ohne Wolken das Gemüt.

Die Vögel und die Menschen singen,
Und wie die Lerche himmelwärts,
Will sich empor zur Gottheit schwingen
Im Dankgebet das Menschenherz.

O Herz! es brach die Frühlingssonne
Des Winters Ketten wohl entzwei,
Wohl ziemt der Erde Dank und Wonne; –
Doch bist auch du von Ketten frei? –

Berlin 1850

Pfingsten ist das Fest der Freude,
Das da feiern Wald und Heide.
Uhland

Pfingsten war's! nach langen Jahren
Kehrt ich heim zur Vaterstadt,
Hatte Sehnsucht nach den Laren
Und die Fremde herzlich satt.
Tanzte schon im Kolosseum,
Rutschte schon im Tivoli,
Schlürfte Kaffee im Odeum
Und Bouillon bei Stehely.

Fröhlich kam ich hergeschlendert
Durch das Anhaltiner Tor, –
Gott, wie kam mir so verändert
Alles in den Straßen vor.
Todesstille aller Orten;
Nur ein Polizistenpaar
Forschte nach, ob hier und dorten
Noch ein Laden offen war.

Vor dem elterlichen Hause
Stand ich endlich im Portal,
Schellte dann mit mancher Pause
Wohl ein halbes Dutzend Mal.
»Das ist ja zum Geierholen!
Aufgemacht! Potzsapperment,
Steh hier draußen wie auf Kohlen,
Aufgemacht! Mordelement.«

Endlich kroch des Hauses Stütze,
Ein erkrankter Greis, hervor,
Eine weiße Zipfelmütze
Zog er über Stirn und Ohr.
»Welch ein Fluchen! wie beschädigt,
Wie verdorben bist du – Kind,
Bete, bete, – geh zur Predigt,
Wo die Hausbewohner sind.«

Schier verwundert ging ich weiter,
Und es war mir just im Sinn
Nicht so lustig, und so heiter,
Wie ich das gewöhnlich bin.
Langeweile, Durst und Ärger
Trieben mich ins Türk'sche Zelt,
Wo ich schnell Johannisberger,
Vierunddreiß'ger, mir bestellt.

Aber ach, den toten Wänden
Sprach ich mein Verlangen aus,
Denn von dienstbeflißnen Händen
Fand ich keine dort zu Haus.

Endlich ließ im schwarzen Fracke
Sich ein Kellner vor mir sehn,
Eine furchtbar dicke Backe
Ließ ihn nicht zur Kirche gehn.

Und ich fordre heftig wieder
Meinen Vierunddreiß'ger mir;
Sieh, da sinkt der Kellner nieder
Und ohnmächtig wird er schier.
»Gott im Himmel«, ruft er kläglich –
»Geh nicht mit ihm ins Gericht,
Trinken will er – feiertäglich!
Ach, er weiß nicht, was er spricht.«

Lächelnd meint ich: »Nun, mit Biere
Will ich auch zufrieden sein,
Aber brocke mir Lektüre
In den Gerstensaft hinein.«
Er verklärte sich; die Bibel
Bracht er freudestrahlend mir,
Ein Gesangbuch, eine Fibel,
Aber – Wasser nur statt Bier.

Doch das schien mir zu vergnüglich,
Und ein nicht verdientes Glück,
Ich begab mich unverzüglich
In die fromme Stadt zurück.
Dorten wurde höchst moralisch
Ganz urplötzlich mir zu Sinn,
Oder war's nur theatralisch,
Kurz, ich ging zur Kirche hin.

Wunderbar! – Zur Andacht riefen
Priesterwort und Orgelton,
Aber die Berliner schliefen
Allesamt und schnarchten schon.
Mir zur Seite sprach im Traume
Eine Köchin äußerst fromm:
»Wilhelm, komm! im Jrienen Baume
Ist Musik und Tanz; – oh, komm.«

ALS GRENADIER

Es krankt, seit des Gefreiten Schere
Mir meine Locken fortgeputzt,
Mein Flügelpferd an einer Schwere,
Als wär es mit mir zugestutzt.

Je steifer nach dem abgehackten
Kalbfell den Fuß ich setzen muß,
Je steifer wird nach solchen Takten
Auch allemal mein Pegasus.

Jetzt hat man Rock und Helm, den blanken,
Mit all und jedem schon gemein;
Und ging's, man nähte die Gedanken
Auch gern in Uniformen ein.

DER ALTE FRITZ

(Zur Enthüllungsfeier des *Friedrich*-Denkmals
im August 1851)

Bist endlich da! Gott sei's geklagt,
Hast lange warten lassen;
Nun lehr uns wieder, unverzagt
Den Feind beim Schopfe fassen,
Den Feind im Ost, den Feind im West,
Die Feinde drauß und drinnen,
Zerreiß die Netze dicht und fest,
Womit sie uns umspinnen.

Blitz nur herab von deiner Wacht,
Solch Wächter mag uns taugen:
Wir brauchen wieder, Tag und Nacht,
Die Alten-Fritzen-Augen;
Blitz nur herab! und wenn im Nu
Die Schleicher du erraten,
Dann heb den Stock und droh: »Du, du!«
Wie weiland dem Kroaten.

Blitz nur herab von deiner Wacht;
Und wenn uns Feinde spotten,
Pandurentum und Slawenmacht
Sich rings zusammenrotten,
Dann, dir zu Füßen, weck und wink
Dem alten Leibhusaren,
Und sprich: »He, Zieten, sattl Er flink,
Wir wolln mal drunterfahren.«

Vor allem aber blitz ins Herz
Den Lenkern und den Leitern,
Sei du das Vorgebirg von Erz,
Dran ihre Ängste scheitern;
Ruf ihnen zu: »*Mein* war der Mut,
Dies Preußen aufzurichten,
Es tut nicht gut, es tut nicht gut
Solch Zagen und Verzichten.

Wohl, angesichts von meinem Schloß,
Mag ich hier droben wohnen,
Doch gilt's mein Volk – mit Mann und Roß
Einschmelzt mich zu Kanonen;
Wohl thron ich hier auf sichrem Sitz,
Mein Schimmel selbst ward erzen,
Doch sichrer thront der Alte Fritz
In alten Preußenherzen.«

England

Du Land der Times und Land der Großen Charte,
Du Land voll Löwenherz in jedem Strauß,
Besiegrin du des Kaisers Bonaparte,
Erbweisheits-Land, der Freiheit Hort und Haus,
Ach, frag ich mich, was schließlich ganz aparte
Du hast vor uns und andrem Volk voraus,
So ist es das: es fehlen dir die Semmeln,
Doch bist du groß in Rindfleisch und in Hämmeln.

Neujahr 1871

Das alte Jahr, – vom Turm hat's ausgeklungen,
Auf horcht im Traum der Dohlen dunkle Schar,
Und klirrend sind die Pforten aufgesprungen
(Wie Waffen klirrn) von einem neuen Jahr;
Ein Trennungsschnitt ist wieder eingedrungen
In das, was sein wird, und in das, was war,
Und eh wir Wunsch und Bitte vorwärts schicken,
Was läg uns näher, als *zurück*zublicken.

In welch ein Jahr! Es ruht das stille Schaffen,
Der Dinge schönes Gleichmaß ist gestört,
Vom Rhein zum Njemen klingt es: »Zu den Waffen!
Das Unrecht schreit, die Schmach ist unerhört«; –
Und bis zu *dieser* Stunde kein Erschlaffen
Seit jenem Tag von Weißenburg und Wörth,
In jedem Kampf aufs neue ruhmbereichert,
Was ward seit Spichern alles aufgespeichert!

Dreimal vor Metz, in ungeheurem Ringen,
Auf, ab die Mosel fing das Ernten an,
Bis an der Maas in eisernem Umschlingen
Deutschland den Ehr- und Erntekranz gewann;
An dieses Kranzes blut'gen Ähren hingen
Armeen: dreimalhunderttausend Mann,
Gefangen all! Ein Kaiser ging verloren,
Ein andrer: (Kaiser Weißbart) ward geboren.

Das alte Jahr, in Kampf und Mut und Streben
Hat's uns gefeit, gewappnet und gestählt,
Du neues Jahr, o woll auch *das* noch geben,
Das *eine* noch, das uns allein noch fehlt:
Laß jenen Ölzweig zu uns niederschweben,
Auf den ein jedes Herz jetzt hofft und zählt,
Zu allem, was das alte Jahr beschieden,
Du neues Jahr, o gib uns *Frieden, Frieden*!

Einzug

(16. Juni 1871)

Und siehe da, zum dritten Mal
Ziehen sie ein durch das große Portal;
Der Kaiser vorauf, die Sonne scheint,
Alles lacht und alles weint.

Erst die Garde. Brigaden vier,
Garde und Garde-Grenadier':
Elisabether, Alexandriner,
Franziskaner, Augustiner,
Sie nahmen, noch nicht zufrieden mit
Chlum,
Bei Privat ein Privatissimum.
– Mit ihnen kommen, geschlossen, gekoppelt,
Die Säbel in Händen, den *Ruhm* gedoppelt,
Die hellblauen Reiter von Mars la Tour,
Aber an *Zahl* die Hälfte nur.

Garde vorüber. – *Garde* tritt an:
Regiment des Kaisers, Mann an Mann,
Die *Siebner*, die Phalanx jedes Gefechts,
»Kein Schuß; Gewehr zur Attacke rechts«.
Die *Sieben* ist eine besondere Zahl,
Dem einen zur Lust, dem andern zur Qual;
Was von den Turkos noch übrig geblieben,
Spricht wohl von einer bösen Sieben.

Blumen fliegen aus jedem Haus,
Der Himmel strömt lachende Lichter aus,
Und der Lichtball selber lächelt in Wonne:
»Es gibt doch noch Neues unter der Sonne.«

Gewiß. Eben jetzt einschwenkt in das Tor,
Keine Linie zurück, keine Linie vor,
En bataillon, frisch wie der Lenz,
Die ganze Armee in Double-Essenz.
Ein Corps bedeutet jeder Zug,
Das ist kein Schreiten, das ist wie Flug,
Das macht, weil ihnen *ungesehn*
Dreihundert Fahnen zu Häupten wehn.

Bunt gewürfelt Preußen, Hessen,
Bayern und Baden nicht zu vergessen,
Sachsen, Schwaben, Jäger, Schützen,
Pickelhauben und Helme und Mützen,
Das Eiserne Kreuz ihre einzige Zier;
Alles zerschossen; ihr ganzes Prahlen
Nur ein Wettstreit in den Zahlen,
In den Zahlen derer, die *nicht* hier.

Zum dritten Mal
Ziehen sie ein durch das große Portal;
Die Linden hinauf erdröhnt ihr Schritt,
Preußen-Deutschland fühlt ihn mit.

Hunderttausende auf den Zehenspitzen!
Vorüber wo Einarm und Stelzfuß sitzen,
Jedem Stelzfuß bis in sein Bein von Holz
Fährt der alte Schlachtenstolz.
Halt,
Vor des Großen Königs ernster Gestalt.

Bei dem Fritzen-Denkmal stehen sie wieder,
Sie blicken hinauf, der Alte blickt nieder;
Er neigt sich leise über den Bug:
»Bon soir, Messieurs, *nun* ist es *genug*.«

Kaiser Wilhelms Helm

Das war nicht nobel, Nobiling!
Du nahmst die Sache zu gering,
Man schießt mit dreißig Körner Schrot
Nicht einen deutschen Kaiser tot.
Du warst kein Held, du warst ein Schelm,
Der Held, das war des Kaisers *Helm*,
Der stellte sich vor den Doppellauf
Und fing die dreißig Körner auf,
Ihn feiert mein Sang, *ihn* feiert mein Lied, –
Es lebe der Schroten-Winkelried.

Aus der Gesellschaft

1. *Hoffest*

Erst kommt der Zar, der Herr aller Reußen,
Dann kommt das offizielle Preußen.

Im Weißen Saal, unter der Gittervergildung,
Eben beginnt die Gruppenbildung:
Geheimeräte, nach Regel und Normen,
In Fracks, in Orden, in Staatsuniformen.

Deinem besten Freunde, so rat ich dir gern,
An *solchem* Tage bleib ihm fern,
Er kennt dich, ach, und kennt dich nicht,
Ein eignes Lächeln umschwebt sein Gesicht,
Serên und ernst und verlegen zugleich,
Heut ist er Preußen, heut ist er das Reich.

Deinem besten Freunde, so rat ich dir gern,
An *solchem* Tage bleib ihm fern,
Er stellt dich vor, doch du wirst's nicht froh,
Alles spöttisch und nur soso:
»Sie kennen ja unsren berühmten Sänger«,
Alle Gesichter werden länger.

So geht es weiter, dir wenig nach Wunsch,
Bis er endlich kommt – der Fastnachtspunsch,
Pfannkuchen und Punsch, und sieh, im Gemüte,
Blüht wieder auf die Menschenblüte,
Gemeinschaftlich und fidel und munter
Geht's schließlich die Wendeltreppe hinunter,
Und unten heißt's wie vor dreißig Jahren:
»Willst du nicht mit mir nach Hause fahren?«

2. *Der Subalterne*

»Immer Achselzucken (es ist zum Lachen),
Und doch sind *wir* es, die es machen.

Das bißchen Deutschland zusammenzuschweißen,
Das lag in der Zeit, das will nicht viel heißen –
Und Sedan? Nach links und rechts zu schwenken,
Ist auch nichts Gefährlichs auszudenken.

Ich bin nicht für Ruhm, ich bin nicht für Ehr,
Es ist mit alledem nicht weit her,
Und es wär mir ein leichtes, mich drin zu finden,
Wär nicht die Frau, – *die* kann's nicht verwinden.«

So hieß es um Weihnacht. Am Ordensfest
Sprang um der Wind von Ost nach West,
Der Glauben an Gottes Gnad und Güte
Schlug wieder Wurzel in seinem Gemüte.
Wie's blinkt, wie's schillert! Er strahlt, er bebt.
»Ich habe nicht umsonst gelebt.«

3. Der Sommer- und Winter-Geheimrat

Um die Sommerzeit sind sie wie andre Menschen
Aus Schwiebus, Reppen oder Bentschen.

Zumal in Bädern, in Ostseefrischen
Sitzt man mit ihnen an selben Tischen,
Und sind auch verschieden der Menschheit Lose,
Gleichmacherisch wirkt die Badehose,
Der alte Adam mit seinen Gebrechen
Läßt manches schweigen und manches sprechen.
Am Spill wurde gestern ein Seehund geschossen,
Zu drängen sich alle Strandgenossen;
Man will ein Kinderhospiz errichten,
»Sie könnten einen Prolog uns dichten.«
Allgemeines heitres Sich-Anbequemen,
Ein Unterschied ist nicht wahrzunehmen.

So der Sommer; er hat sein Bestes getan,
Aber nun bricht der Winter an.

Beim Botschafter S. ist Gala-Fête,
Dein Spill-Freund ist mit an der Tête,

Noch schützt dich die bergende Fensternische,
Jetzt aber gilt es, jetzt geht es zu Tische,
Du sitzt vis-à-vis ihm, es trifft dich sein Gruß,
Davor dein Herz ersteinen muß.
Es wundert sein Chef sich, sein Kollege,
Die Badebekanntschaft ist plötzlich im Wege,
Von dem, mit dem du den Seehund umstanden,
Von dem »sommerlichen« ist nichts mehr vorhanden,
Statt seiner der »winterliche« ... Du frierst.
Suche, daß du dich rasch verlierst.

4. *Auf dem Matthäikirchhof*

Alltags mit den Offiziellen
Weiß ich mich immer gut zu stellen,
Aber feiertags was Fremdes sie haben,
Besonders wenn sie wen begraben,
Dann treten sie (drüber ist kaum zu streiten)
Mit einem Mal in die Feierlichkeiten.
Man ist nicht Null, nicht geradezu Luft,
Aber es gähnt doch eine Kluft,
Und das ist die Kunst, die Meisterschaft eben,
Dieser Kluft das rechte Maß zu geben.
Nicht zu breit und nicht zu schmal,
Sich flüchtig begegnen, ein-, zwei-, dreimal,
Und verbietet sich solch Vorüberschieben,
Dann ist der Gesprächsgang vorgeschrieben:
»Anheimelnder Kirchhof ... beinah ein Garten ...
Der Prediger läßt heute lange warten«,
Oder: »Der Tote, hat er Erben?
Es ist erstaunlich, wie viele jetzt sterben.«

5. *Kirchenumbau*

(Bei modernem Gutswechsel)

Spricht der Polier: »Nu bloß noch das eine:
Herr Schultze, wohin mit die Leichensteine?
Die meisten, wenn recht ich gelesen habe,
Waren alte Nonnen aus ›Heiligen Grabe‹.«

»Und Ritter?«

»Nu Ritter, ein Stücker sieben,
Ich hab ihre Namens aufgeschrieben,
Bloß, wo sie gestanden, da sind ja nu Löcher:
1 Bredow, 1 Ribbeck, 2 Rohr, 3 Kröcher,
Wo solln wir mit hin? wo soll ich sie stelln?«

»Stellen? Nu gar nich. Das gibt gute Schwelln,
Schwellen für Stall und Stuterei,
Da freun sich die Junkers noch dabei.«

»Und denn, Herr Schultze, dicht überm Altar
Noch so was vergoldigt Kattolsches war,
Maria mit Christkind ... Es war doch ein Jammer.«

»Versteht sich. In die Rumpelkammer!«

6. *Wie man's machen muß*

Zwei- oder dreimal mußt er vors Messer,
Dann war er durch und ein Durchschnittsassesser.

Im übrigen war er ein Pfiffikus:
»Eine Spezialität man wählen muß.«

Und endlich hat er sich entschieden:
»Das Durchfahrtsrecht in Krieg und Frieden.«

Er las dreiunddreißig fremde Werke,
Broschüren wurden seine Stärke.

Traten dann Konferenzen zusammen,
Und stand der Streit in hellen Flammen,

Und kam's, daß man keinen Ausweg sah,
So hieß es: »Ist kein Dalberg da?

Warum uns zanken, quälen, schlagen,
Assessor Null wird uns alles sagen.«

Und wirklich, Null wird zugezogen,
Es legen sofort sich des Streites Wogen.

Ein Titel schreitet jetzt vor ihm her,
Null ist schon lange Null nicht mehr.

Jüngstens empfing er den siebenten Orden,
Ist aber drum nicht schöner geworden.

7. *Erfolganbeter*

Nie hab ich ein dummeres Stück gelesen.
»Das Haus ist ausverkauft gewesen.«

Farbe, Linien, alles verschwommen.
»Die Jury hat es angenommen.«

Ein Skandal ist seine Art, zu leben.
»Der Botschafter hat ihm ein Fest gegeben.«

Glauben Sie mir: er ist ein Kujon.
»Hat aber eine Taler-Million.«

8. *Such nicht, wie's eigentlich gewesen*

Such nicht, wie's eigentlich gewesen,
Wolle nicht in den Herzen lesen.

Sieht's freundlich aus, nimm's freundlich an,
Nimm den Biedertuer als Biedermann.

Alle Flügelmänner auf Sammellisten,
Nimm sie hin als Musterchristen.

Wenn sie nur *geben* beim Liebeverkünden,
Forsche nicht nach den letzten Gründen.

9. Nur nicht loben

Schreibt wer in Deutschland historische Stücke,
So steht er auf der Schiller-Brücke.

Macht er den Helden zugleich zum Damöte,
So heißt es: Egmont, siehe Goethe.

Schildert er Juden, ernst oder witzig,
Ist es Schmock oder Veitel Itzig.

Schildert er einige hübsche Damen,
Heißt es: Dumas … Ehebruchsdramen.

Jeder Einfall, statt ihn zu loben,
Wird einem andern zugeschoben.

Ein Glück, so hab ich oft gedacht,
Daß Zola keine Balladen gemacht.

Auf der Treppe von Sanssouci

7./8. Dezember 1885
(Zu Menzels 70. Geburtstag)

Von Marly kommend und der Friedenskirche,
Hin am Bassin (es plätscherte kein Springstrahl)
Stieg ich treppan; die Sterne blinkten, blitzten,
Und auf den Stufen-Aufbau der Terrasse
Warf Baum und Strauchwerk seine dünnen Schatten,
Durchsichtige, wie Schatten nur von Schatten.
Rings tiefe Stille, selbst der Wache Schritt
Blieb lautlos auf dem überreiften Boden,
Und nur von rechts her, von der Stadt herüber,
Erscholl das Glockenspiel.
Nun schwieg auch *das*,
Und als mein Auge, das auf kurze Weile
Dem Ohr gefolgt war, wieder vorwärts blickte
Trat aus dem Buschwerk, und ich schrak zusammen,

Er selbst, im Frackrock, hinter ihm das Windspiel
(Biche, wenn nicht alles täuschte), dazu Krückstock
Und Hut und Stern. Bei Gott, es war der König.

Was tun? Ich dacht an Umkehr; doch sein Auge,
Das *Fritzen*-Auge bannte mich zur Stelle;
So hielt ich denn und machte Front.
»Wie heißt Er?«
Ich stotterte was hin.
»Und sein Metier?«
»Schriftsteller, Majestät. Ich mache Verse!«

Der König lächelte: »Nun hör Er, Herr,
Ich will's Ihm glauben; keiner ist der Tor,
Sich dieses Zeichens ohne Not zu rühmen,
Dergleichen sagt nur, wer es sagen muß,
Der Spott ist sicher, zweifelhaft das andre.
Poëte allemand! Ja, ja, Berlin wird Weltstadt.
Nun aber sag Er mir, ich les da täglich
(Verzeih Er, aber Federvieh und Borste
Wohnt auf demselben Hof und hält Gemeinschaft),
Ich les da täglich jetzt in den Gazetten
Von Menzelfest und siebzigstem Geburtstag,
Ausstellung von Tableaux und von Peintüren
Und ähnlichem. Ein großer Lärm. Eh bien, Herr,
Was soll das? Kennt Er Menzel? Wer ist Menzel?«

Und dabei flog ein Zug um seinen Mund,
Als wiss' er selber Antwort auf die Frage.

»Zu Gnaden, Majestät«, begann ich zögernd,
»*Die* Frag ist schwer, das ist ein Doktorthema;
Mein Wissen reicht bis Pierer nur und Brockhaus.
Ja, wer ist Menzel? Menzel ist sehr vieles,
Um nicht zu sagen alles; mindstens ist er
Die ganze Arche Noäh, Tier und Menschen:
Putthühner, Gänse, Papagein und Enten,
Schwerin und Seydlitz, Leopold von Dessau,
Der alte Zieten, Ammen, Schlosserjungen,
Kathol'sche Kirchen, italien'sche Plätze,

Schuhschnallen, Bronzen, Walz- und Eisenwerke,
Stadträte mit und ohne goldne Kette,
Minister, mißgestimmt in Kaschmirhosen,
Straußfedern, Hofball, Hummer-Majonnaise,
Der Kaiser, Moltke, Gräfin Hacke, Bismarck –«
»Outrier' Er nicht.«
»Ich spreche nur die Wahrheit.
Bescheidne Wahrheit nur. Er durchstudierte
Die groß und kleine Welt; was kreucht und fleucht,
Er gibt es uns im Spiegelbilde wieder.
Am liebsten aber (und mir schwoll der Kamm,
Ich war im Gang, ›jetzt oder niemals‹ dacht ich),
Am liebsten aber gibt *die* Welt er wieder,
Die *Fritzen*-Welt, auf der wir just hier stehn!
Im Rundsaal, vom Plafond her, strahlt der Lustre,
Siebartig golden blinkt der Stühle Flechtwerk,
Biche (›komm, mein Bichechen‹) streift die Tischtuch-Ecke,
Champagner perlt und auf der Meißner Schale
Liegt, schon zerpflückt, die Pontac-Apfelsine …«

»Nun laß Er nur. Ich weiß schon.«
Und er lüpfte
Den Hut und ging. Doch sieh, nur wenig Schritte,
So hielt er wieder, wandte sich und winkte
Mich an die Seit ihm. »Hör Er, Herr; ein Wort noch:
Er hat bestanden; so lala. Denn wiss' Er,
Ich kenne Menzel wie mich selbst und wär ihm
Erkenntlich gern. Emaille-Uhr? Tabatière?
Vielleicht ein Solitaire? Was macht ihm Spaß wohl?«

»Ach, Majestät, was soll ihm Freude machen?
Er hat vollauf von Gütern dieser Erde,
Hat Ansehn, Ehre, Titel, Ordenskreuze
(Pour le mérite, natürlich Friedensklasse),
Hat Freunde, Mut und Glück, und was die Hauptsach,
Hat seine *Kunst* …«
»Und fehlt ihm nichts?«
»Rein gar nichts.«
»Na, das ist brav. Comme philosophe! Das lob ich

Und will nicht stören. Aber *eines* sagt ihm:
Ich lüd ihn ein (er mag die Zeit bestimmen,
Ein Jahrer zehne will ich gern noch warten),
Ich lüd ihn ein nach Sanssouci; sie nennen's
Elysium droben, doch es ist dasselbe.
Dort findt er alte Freunde: Genral Stille,
Graf Rothenburg, die ganze Tafelrunde,
Nur Herr von Voltaire fehlt seit Anno 70;
Franzose, rapplig. *Dieser* Platz ist frei.
Den reservier ich ihm. Bestell Er's. Hört Er?
Ich bin Sein gnäd'ger König. Serviteur!«

Unsre »deutsche Frau«

Hierlandes ist unsre »deutsche Frau«
Noch immer aus Friesack oder Bernau,
Nur dem Kleinen gilt ihre Respektsbezeigung,
Aus Not nicht, nein, aus purer Neigung,
Uralte Themen uralter Epochen
Werden am liebsten durchgesprochen:
Die Küche, die Wäsche, die Wohnung – und dann
(Unerschöpfliches Thema) »mein Mann, mein Mann«.

»Mein Mann ist eigentlich viel zu gut,
Und kommt er mal gegen mich in Wut,
Ist es immer bloß wegen der dummen Dinger,
Denen sieht er alles durch die Finger;
Eine Vierzehnjährige nennt er ›Sie‹,
Mittwochs hat er Skatpartie.
Da würd ich nun gern ins Theater gehn,
Aber, am Ende, was soll man sehn?

›Sodoms Ende‹ gilt ja für unmoralisch,
Schiller ist mir zu theatralisch
Und macht immer schöne Worte nur, –
Das Beste bleibt doch freie Natur:
Am Großen Stern auf den Kaiser warten,
Konzert im Zoologischen Garten,
Flamingo, Büffel, Pelikan,

Und abends (zum Spargel) kommt ›mein Mann‹
Und Rudolf auch und die Zeit vergeht
Und der liebe Mond am Himmel steht.«

Brunnenpromenade

Als ich ankam, Johannistag war grade,
Gleich ging ich auf die Brunnenpromnade,
Kaum wollt ich meinen Augen traun,
So viel des Herrlichen war da zu schaun,
Eine lange Reihe der schönsten Damen,
Wer zählt die Völker, wer nennt die Namen!

Eine ganz Teint und Taille war,
Aschblond das schlicht gescheitelte Haar,
Blendende Zähne, feines Kinn,
Typus einer Engländerin,
Aber solcher, die palankin-überdacht
Weit draußen ihre Tage verbracht,
In Hongkong oder Singapor
(Ihr Diener Malaie halb, halb Mohr),
Und neben ihr plaudert ein junger Lord
Von Lachsfang im Stavanger-Fjord,
Alles albionmäßig abgestempelt,
Die Beinkleider unten umgekrempelt.

Es plätschert der Springbrunn', es duften die
Blumen,
Fremd blicken die Bonnen und Kindermuhmen,
Noch fremder die Ammen; die Badekapelle
Spielt eben eine Wagnerstelle,
Lohengrin-Arie, jetzt laut, jetzt leis,
Die Damen schließen einen Kreis,
Und in den Kreis, auf den Schlag des Gong,
Tritt jetzt die Schönheit der Saison.
Ihr Aug ist wie getaucht in Glut,
Rot ist ihr Kleid und rot ihr Hut,
Ein Hut, wie die Kirchenfürsten ihn tragen,
Breitkrempig, ein Schleier umgeschlagen,

Der Schleier *auch* rot, – am Arme Koralln,
Rot alles, worauf die Blicke falln,
Eine Römerin (flüstert man) soll es sein,
Andre sagen: aus Frankfurt am Main.

Und herwärts wogt es und wieder zurück,
Auf Wagner folgt ein ungrisch Stück,
Ein Czardas, und auf dem bewässerten Rasen
Blitzt es wie von Goldtopasen;
Überirdisch, ein paradiesisch Revier,
Und die Frage kommt mir: »Was willst *du* hier?«
Eine Freiin grüßt mich ... doch, wer sie nicht kennte,
Die Macht der höheren Elemente!

Nun ist die erste Woche dahin,
Verändert schon fühl ich Herz und Sinn,
Und eh eine zweite Woche vergangen,
Ist es nahzu vorbei mit meinem Bangen;
Mummenschanz alles und Fastnachtsorden,
Selbst der rote Hut ist mir komisch geworden,
Ob aus Rom oder Frankfurt, – ich seh in Ruh
Jetzt lieber dem Paukenschläger zu,
Der kränklich und mürrisch und doch begeistert
Auch Becken noch und Triangel meistert,
Zu Schemen ist plötzlich alles verschwommen,
Ich bin wieder zu mir selbst gekommen,
Und während mir Scheuheit und Demut
entschlummern,
Zähl ich mich zu den »besseren Nummern«.

Britannia an ihren Sohn John Bull

»Sohn, hier hast du meinen Speer,
Nimm dir viel und dann noch mehr;
Daß die Meere dir gehören,
Brauch ich dir nicht erst zu schwören,
Aber auch die Terrafirmen
Mußt du Christi willn beschirmen,

Christi willn und cottons wegen,
Our Navy gibt den Segen.
Denk und woll es nie vergessen:
Wo sie jetzt noch Menschen fressen
Und in ihren nackten Leibern
Tanzen mit noch nacktern Weibern,
Auch an solchen schlimmsten Stellen
Braucht man nächstens sieben Ellen.
Endlich muß die Stunde schlagen,
Wo auch *diese* Hosen tragen,
Und auf hundert Hosenpaare
Kommen funfzig Missionare,
Nebenher wird Gold gegraben, –
Andre mögen andres haben,
Andre mögen andres nehmen,
Und du darfst es nicht verfemen,
Wenn am Nordpol sie versaufen
Oder auch bloß Schlittschuh laufen.«

Neueste Väterweisheit

»Zieh nun also in die Welt,
Tue beharrlich, was dir gefällt,
Werde keiner Gefühle Beute,
Meide sorglich arme Leute,
Werde kein gelehrter Klauber,
Wissenschaft ist fauler Zauber,
Sei für Rothschild statt für Ranke,
Nimm den Main und laß die Panke,
Nimm den Butt und laß die Flunder,
Geld ist Glück und Kunst ist Plunder,
Vorwärts auf der schlechtsten Kragge,
Wenn nur unter großer Flagge.
Pred'ge Tugend, pred'ge Sitte,
Millionär ist dann das dritte,
Quäl dich nicht mit ›wohlerzogen‹,
Vorwärts mit den Ellenbogen
Und zeig jedem jeden Falles:
›*Du* bist nichts und *ich* bin alles.‹«

Die Alten und die Jungen

»Unverständlich sind uns die Jungen«
Wird von den Alten beständig gesungen;
Meinerseits möcht ich's damit halten:
»Unverständlich sind mir die Alten.«
Dieses Am-Ruder-bleiben-wollen
In allen Stücken und allen Rollen,
Dieses Sich-unentbehrlich-Vermeinen
Samt ihrer »Augen stillem Weinen«,
Als wäre der Welt ein Weh getan, –
Ach, ich kann es nicht verstahn.
Ob unsre Jungen, in ihrem Erdreisten,
Wirklich was Besseres schaffen und leisten,
Ob dem Parnasse sie näher gekommen
Oder bloß einen Maulwurfshügel erklommen,
Ob sie, mit andern Neusittenverfechtern,
Die Menschheit bessern oder verschlechtern,
Ob sie Frieden sän oder Sturm entfachen,
Ob sie Himmel oder Hölle machen, –
Eins läßt sie stehn auf siegreichem Grunde,
Sie haben den Tag, sie haben die Stunde,
Der Mohr kann gehn, neu Spiel hebt an,
Sie beherrschen die Szene, *sie* sind dran.

Land Gosen

Oft hör ich: »Unsre gute Stadt
Augenscheinlich eine Verheißung hat,
Der Himmel, der uns so hegt und pflegt,
Hat uns alles wie vor die Türe gelegt.

Ja, ja, wir haben es leicht und bequem:
Im Brieselang Eichen, in Glindow Lehm,
In Rauen Kohlen, in Linum Torf,
Kalkgeschiebe bei Rüdersdorf,
Im Grunewald Schwarzwild, Hirsch und Reh,
Spargel en masse bei Halensee,
Dill und Morcheln und Teltower Rüben,

Oderkrebse hüben und drüben,
Auf dem Hohen Barnim Fetthammel-Herden
(Werden mit nächstem Southdowns werden),
Königshorster Butter, in Sperenberg Salz,
Im Warthebruch Gerste, Graupen und Malz,
In Kienbaum Honig, im Havelland Milch,
In Luckenwalde Tuch und Drillch,
Bei den Werderschen Kirschen und Aprikosen
Und bei Potsdam ganze Felder von Rosen.
Nichts entlehnt und nichts geborgt,
Für Großes und Kleines ringsum gesorgt,
Und gesorgt vor allem auch (und nicht schlecht)
Schon für unser kommendes Geschlecht, –
Des sind uns Gewähr unsre lieben, strammen
Und fast unmöglichen Spreewaldsammen.

Veränderungen in der Mark
Die Mark und die Märker

(390. 1890)

Waren's Germanen, waren's Teutonen,
Spreeaufwärts saßen die Semnonen,
Schopfhaarige hohe Menschengebilde,
Sechs Fuß sie selber und sieben die Schilde.

Neben ihnen, in Höfen und Harden,
Saßen elbwärts die Langobarden,
Saßen von Laub und Kränzen umwunden
Oderwärts die blonden Burgunden,
Saßen am Bober, in Kotten und Kralen,
Zechend und streitend die Vandalen,
Saßen am Saalfluß, auf Wiesen und Fluren,
Den Kreis abschließend, die Hermunduren.

Aber Semnonen, Burgunden, Vandalen,
Alle mußten der Zeitlichkeit zahlen,
Langobarden und Hermunduren,
Alle nach Wallhall aufwärts fuhren; –
Bis hin vor die Welten-Esche sie ziehn,

Da lagern sie sich um Vater Odin.
    Tick, tick,
Tausend Jahre sind ein Augenblick!

  Und als nun Bismarck den Abschied nahm,
Eine Sehnsucht über die Märkischen kam,
Und sie sprachen: »Herr, laß uns auf Urlaub gehn,
Wir möchten die Spree mal wieder sehn,
Die Spree, die Havel, die Notte, die Nuthe,
Den ›kranken Heinrich‹, die Räuberkute,
Wir sind unsrer fünf, und haben wir Glück,
Bis Donnerstag sind wir wieder zurück.«
Odin hat huldvoll sich verneigt; –
Alles zur Erde niedersteigt.

  Und zunächst in der Neumark, in Nähe von Bentschen,
Landen sie. »Himmel, was sind das für Menschen.«
Und als sie kopfschüttelnd sich weiter schleppen,
Bis Landsberg, Zielenzig, bis Schwiebus und Reppen,
Spricht einer: »Laßt uns mehr westwärts ziehn.«
Und so westwärts kommen sie nach Berlin.
Am Tore rücken sie sich stramm,
Erst Neuer Markt, die Börse, Mühlendamm,
Dann Spandauer- und dann Tiergartenstraße, –
Wohin sie kommen, dieselbe Raçe.

  Sie kürzen freiwillig den Urlaub ab,
In wilde Carrière fällt ihr Rückzugstrab,
Ihr Rücktritt ist ein verzweifeltes Fliehn,
»Wie war es?« fragt teilnahmvoll Odin,
Und der Hermundure stottert beklommen:
»Gott, ist *die* Gegend runtergekommen.«

Die Balinesenfrauen auf Lombok

    Unerhört,
Auf Lombok hat man sich empört,
Auf der Insel Lombok die Balinesen
Sind mit Mynheer unzufrieden gewesen.

Und die Mynheers faßt ein Zürnen und Schaudern,
»Aus mit dem Brand, ohne Zögern und Zaudern«,
Und allerlei Volk, verkracht, verdorben,
Wird von Mynheer angeworben,
Allerlei Leute mit Mausergewehren
Sollen die Balinesen bekehren,
Vorwärts, ohne Sinn und Plan,
Aber auch planlos wird es getan,
Hinterlader arbeitete gut,
Und die Männer liegen in ihrem Blut.

Die Männer. Aber groß anzuschaun
Sind da noch sechzig stolze Fraun,
All eingeschlossen zu Wehr und Trutz
In eines Buddha-Tempels Schutz.
Reichgekleidet, goldgeschmückt,
Ihr jüngstes Kind an die Brust gedrückt,
Hochaufgericht't eine jede stand,
Den Feind im Auge, den Dolch in der Hand.

Die Kugeln durchschlagen Trepp und Dach,
»Wozu hier noch warten, feig und schwach?«
Und die Türen auf und hinab ins Tal,
Hoch ihr Kind und hoch den Stahl
(Am Griffe funkelt der Edelstein),
So stürzen sie sich in des Feindes Reihn.
Die Hälfte fällt tot, die Hälfte fällt wund,
Aber jede will sterben zu dieser Stund,
Und die Letzten, in stolzer Todeslust,
Stoßen den Dolch sich in die Brust.

Mynheer derweilen, in seinem Kontor,
Malt sich christlich Kulturelles vor.

Arm oder reich

»Sagen Sie, sind Sie dem lieben Gold
In der Tat so wenig hold,
Blicken Sie wirklich, fast stolz, auf die Hüter

Aller möglichen irdischen Güter,
Ist der Kohinoor, dieser ›Berg des Lichts‹,
Ihnen allen Ernstes nichts?«

So stellen zu Zeiten die Fragen sich ein,
Und ich sage dann »ja« und sag auch »nein«.

Wie meistens hierlandes die Dinge liegen,
Bei dem Spatzenflug, den unsre Adler fliegen
(Nicht viel höher als ein Scheunentor),
Zieh ich das Armsein entschieden vor.

Dies Armsein ist mir schon deshalb genehmer,
Weil für den Alltag um vieles bequemer.
Von Vettern und Verwandtenhaufen
Werd ich nie und nimmer belaufen,
Es gibt – und dafür will Dank ich zollen –
Keine Menschen, die irgend was von mir wollen,
Ich höre nur selten der Glocke Ton,
Keiner ruft mich ans Telephon,
Ich kenne kein Hasten und kenne kein Streben
Und kann jeden Tag mir selber leben.

Und doch, wenn ich irgend etwas geschrieben,
Das, weil niemand es will, mir liegen geblieben,
Oder wenn ich Druckfehler ausgereutet,
Da weiß ich recht wohl, was Geld bedeutet,
Und wenn man trotzdem, zu dieser Frist,
Den Respekt vor dem Gelde bei mir vermißt,
So liegt das daran ganz allein:
Ich finde die Summen hier immer zu klein.

Was, um mich herum hier, mit Golde sich ziert,
Ist meistens derartig, daß mich's geniert;
Der Grünkramhändler, der Weißbierbudiker,
Der Tantenbecourer, der Erbschaftsschlieker,
Der Züchter von Southdownhammelherden,
Hoppegartenbarone mit Rennstallpferden,
Wuchrer, hochfahrend und untertänig –
Sie haben mir alle viel viel zu wenig.

Mein Intresse für Gold und derlei Stoff
Beginnt erst beim Fürsten Demidoff,
Bei Yussupoff und bei Dolgorucky,
Bei Sklavenhaltern aus Süd-Kentucky,
Bei Mackay und Gould, bei Bennet und Astor,
– Hierlandes schmeckt alles nach Hungerpastor –
Erst in der Höhe von Van der Bilt
Seh ich *mein* Ideal gestillt:
Der Nil müßte durch ein Nil-Reich laufen,
China würd ich meistbietend verkaufen,
Einen Groß-Admiral würd ich morgen ernennen,
Der müßte die englische Flotte verbrennen,
Auf daß, Gott segne seine Hände,
Das Kattun-Christentum aus der Welt verschwände.
So reich sein, *das* könnte mich verlocken –
Sonst bin ich für Brot in die Suppe brocken.

Wo Bismarck liegen soll

Nicht in Dom oder Fürstengruft,
Er ruh in Gottes freier Luft
Draußen auf Berg und Halde,
Noch besser tief, tief im Walde;
Widukind lädt ihn zu sich ein:
»Ein Sachse war er, drum ist er *mein*,
Im *Sachsenwald* soll er begraben sein.«

Der Leib zerfällt, der *Stein* zerfällt,
Aber der Sachsenwald, der hält,
Und kommen nach dreitausend Jahren
Fremde hier des Weges gefahren
Und sehen, geborgen vorm Licht der Sonnen,
Den Waldgrund in Epheu tief eingesponnen
Und staunen der Schönheit und jauchzen froh,
So gebietet einer: »Lärmt nicht so; –
Hier unten liegt Bismarck irgendwo.«

»Wann treffen wir drei wieder zusamm?«
»Um die siebente Stund, am Brückendamm.«

Bilder und Balladen

Der alte Zieten

Joachim Hans von Zieten,
Husaren-General,
Dem Feind die Stirne bieten,
Er tat's wohl hundert Mal;
Sie haben's all erfahren,
Wie er die Pelze wusch
Mit seinen Leibhusaren,
Der *Zieten* aus dem Busch.

Hei, wie den Feind sie bleuten,
Bei Hennersdorf und Prag,
Bei Liegnitz und bei Leuthen,
Und weiter Schlag auf Schlag;
Bei Torgau, Tag der Ehre,
Ritt selbst der Fritz nach Haus,
Doch *Zieten* sprach: »Ich kehre
Erst noch mein Schlachtfeld aus.«

Sie kamen nie alleine,
Der *Zieten* und der *Fritz*,
Der Donner war der eine,
Der andre war der Blitz.
Es wies sich keiner träge,
Drum schlug's auch immer ein,
Ob warm, ob kalte Schläge,
Sie pflegten gut zu sein. –

Der Friede war geschlossen,
Doch Krieges Lust und Qual,
Die alten Schlachtgenossen
Durchlebten's noch einmal;
Wie Marschall *Daun* gezaudert
Und *Fritz* und *Zieten* nie,
Es ward jetzt durchgeplaudert
Bei Tisch, in Sanssouci.

Einst mocht es ihm nicht schmecken,
Und sieh, der Zieten schlief,
Ein Höfling wollt ihn wecken,
Der König aber rief:
»Laßt schlafen mir den Alten,
Er hat in mancher Nacht
Für uns sich wach gehalten,
Der hat genug gewacht.« –

Und als die Zeit erfüllet
Des alten Helden war,
Lag einst, schlicht eingehüllet,
Hans Zieten, der Husar:
Wie selber er genommen
Die Feinde stets im Husch,
So war der Tod gekommen
Wie Zieten aus dem Busch.

Der alte Dessauer

Ich will ein Lied euch singen!
Mein Held ist eigner Art:
Ein Zopf vor allen Dingen,
Dreimaster, Knebelbart,
Blitzblank der Rock vom Bürsten
Und jeder Knopf wie Gold, –
Ihr merkt, es gilt dem Fürsten,
Dem alten *Leopold*.

All Wissenschaft und Dichtung
Sein Lebtag er vermied,
Und sprach er je von *»Richtung«*,
Meint' er in Reih und Glied;
Statt Opern aller Arten
Hatt er nur einen Marsch,
Und selbst mit Schriftgelahrten
Verfuhr er etwas barsch.

Nicht mocht er Phrasen türmen
Von Fortschritt, glatt und schön,
Er wußte nur zu stürmen
Die Kesselsdorfer Höhn;
Er hielt nicht viel vom Zweifel,
Und wen'ger noch vom Spott,
Er war ein dummer Teufel
Und glaubte noch an Gott.

Ja, ja, er war im Leben
Beschränkt, wie man's so heißt,
Und soll ich Antwort geben,
Warum mein Lied ihn preist?
Nun denn, weil nie mit Worten
Er seine Feinde fraß,
Und weil ihm rechter Orten
So Herz wie Galle saß.

Wir haben viel von Nöten,
Trotz allem guten Rat,
Und sollten schier erröten
Vor solchem Mann der Tat;
Verschnittnes Haar im Schopfe
Macht nicht allein den Mann, –
Ich halt es mit dem Zopfe,
Wenn solche Männer dran.

Lied des James Monmouth

»Es zieht sich eine blutige Spur
Durch unser Haus von alters,
Meine Mutter war seine Buhle nur,
Die schöne Lucy Walters.

Am Abend war's, leis wogte das Korn,
Sie küßten sich unter der Linde,
Eine Lerche klang und ein Jägerhorn, –
Ich bin ein Kind der Sünde.

Meine Mutter hat mir oft erzählt
Von jenes Abends Sonne,
Ihre Lippen sprachen: ich habe gefehlt!
Ihre Augen lachten vor Wonne.

Ein Kind der Sünde, ein Stuartkind,
Es blitzt wie Beil von weiten,
Den Weg, den alle geschritten sind,
Ich werd ihn auch beschreiten.

Das Leben geliebt und die Krone geküßt
Und den Frauen das Herz gegeben,
Und den letzten Kuß auf das schwarze Gerüst, –
Das ist ein Stuart-Leben.«

Goodwin-Sand

Das sind die Bänke von Goodwin-Sand,
Sie sind nicht Meer, sie sind nicht Land,
Sie schieben sich, langsam, satt und schwer,
Wie eine Schlange hin und her.

Und die Schiffe, die mit dem Sturm gerungen
Und die schäumende Wut der Wellen bezwungen
Und die gefahren über die Welt,
Unzertrümmert, unzerschellt,
Sie sehen die Heimat, sie sehen das Ziel,
Da schiebt sich die Schlange unter den Kiel
Und ringelt Schiff und Mannschaft hinab,
Zugleich ihr Tod, zugleich ihr Grab.

Die See ist still, die Ebb ist nah,
Mastspitzen ragen hier und da,
Und wo sie ragen in die Luft,
Da sind es Kreuze über der Gruft;
Ein Kirchhof ist's, halb Meer, halb Land, –
Das sind die Bänke von Goodwin-Sand.

Das Trauerspiel von Afghanistan

Der Schnee leis stäubend vom Himmel fällt,
Ein Reiter vor Dschellalabad hält,
»Wer da!« – »Ein britischer Reitersmann,
Bringe Botschaft aus Afghanistan.«

Afghanistan! er sprach es so matt;
Es umdrängt den Reiter die halbe Stadt,
Sir Robert Sale, der Kommandant,
Hebt ihn vom Rosse mit eigener Hand.

Sie führen ins steinerne Wachthaus ihn,
Sie setzen ihn nieder an den Kamin,
Wie wärmt ihn das Feuer, wie labt ihn das Licht,
Er atmet hoch auf und dankt und spricht:

»Wir waren dreizehntausend Mann,
Von Kabul unser Zug begann,
Soldaten, Führer, Weib und Kind,
Erstarrt, erschlagen, verraten sind.

Zersprengt ist unser ganzes Heer,
Was lebt, irrt draußen in Nacht umher,
Mir hat ein Gott die Rettung gegönnt,
Seht zu, ob den Rest ihr retten könnt.«

Sir Robert stieg auf den Festungswall,
Offiziere, Soldaten folgten ihm all,
Sir Robert sprach: »Der Schnee fällt dicht,
Die uns suchen, sie können uns finden nicht.

Sie irren wie Blinde und sind uns so nah,
So laßt sie's *hören*, daß wir da,
Stimmt an ein Lied von Heimat und Haus,
Trompeter, blast in die Nacht hinaus!«

Da huben sie an und sie wurden's nicht müd,
Durch die Nacht hin klang es Lied um Lied,
Erst englische Lieder mit fröhlichem Klang,
Dann Hochlandslieder wie Klagegesang.

Sie bliesen die Nacht und über den Tag,
Laut, wie nur die Liebe rufen mag,
Sie bliesen – es kam die zweite Nacht,
Umsonst, daß ihr ruft, umsonst, daß ihr wacht.

Die hören sollen, sie hören nicht mehr,
Vernichtet ist das ganze Heer,
Mit dreizehntausend der Zug begann,
Einer kam heim aus Afghanistan.

Melrose-Abbey

Und willst du des Zaubers sicher sein,
So besuche Melros' bei Mondenschein,
Die goldne Sonne, des Tages Licht,
Sie passen zu seinen Trümmern nicht.
Wenn die Bögen und Nischen im Schatten stehn,
Die Ecken und Pfeiler wie Silber sehn,
Wenn das weiße, kalte, zitternde Licht
Um den Mittelturm seine Guirlanden flicht,
Wenn die Strebepfeiler sich wechselnd reihn,
Halb Ebenholz, halb Elfenbein,
Wenn's schneeig auf allen Gräbern liegt
Und die weißen Figuren noch weißer umschmiegt,
Wenn das Rauschen des Tweed, weitab gehört,
Wie Summen die nächtige Stille stört, –
Ja, dann tritt ein: bei *Mondesschein*
Besuche Melros' und – *tu es allein.*

Die Brück am Tay

(28. Dezember 1879)

When shall we three meet again.
Macbeth

»Wann treffen wir drei wieder zusamm?«
»Um die siebente Stund, am Brückendamm.«
»Am Mittelpfeiler.«
»Ich lösche die Flamm.«
»Ich mit.«

»Ich komme von Norden her.«
»Und ich von Süden.«
»Und ich vom Meer.«

»Hei, das gibt einen Ringelreihn,
Und die Brücke muß in den Grund hinein.«

»Und der Zug, der in die Brücke tritt
Um die siebente Stund?«
»Ei, der muß mit.«
»Muß mit.«

»Tand, Tand,
Ist das Gebilde von Menschenhand!«

Auf der *Norderseite*, das Brückenhaus –
Alle Fenster sehen nach Süden aus,
Und die Brücknersleut, ohne Rast und Ruh
Und in Bangen sehen nach Süden zu,
Sehen und warten, ob nicht ein Licht
Übers Wasser hin »ich komme« spricht,
»Ich komme, trotz Nacht und Sturmesflug,
Ich, der Edinburger Zug.«

Und der Brückner jetzt: »Ich seh einen Schein
Am anderen Ufer. Das muß er sein.
Nun, Mutter, weg mit dem bangen Traum,

Unser Johnie kommt und will seinen Baum,
Und was noch am Baume von Lichtern ist,
Zünd alles an wie zum Heiligen Christ,
Der will heuer *zweimal* mit uns sein, –
Und in elf Minuten ist er herein.«

Und es war der Zug. Am *Süder*turm
Keucht er vorbei jetzt gegen den Sturm,
Und Johnie spricht: »Die Brücke noch!
Aber was tut es, wir zwingen es doch.
Ein fester Kessel, ein doppelter Dampf,
Die bleiben Sieger in solchem Kampf,
Und wie's auch rast und ringt und rennt,
Wir kriegen es unter: das Element.

Und unser Stolz ist unsre Brück;
Ich lache, denk ich an früher zurück,
An all den Jammer und all die Not
Mit dem elend alten Schifferboot;
Wie manche liebe Christfestnacht
Hab ich im Fährhaus zugebracht,
Und sah unsrer Fenster lichten Schein,
Und zählte, und konnte nicht drüben sein.«

Auf der Norderseite, das Brückenhaus –
Alle Fenster sehen nach Süden aus,
Und die Brücknersleut ohne Rast und Ruh
Und in Bangen sehen nach Süden zu;
Denn wütender wurde der Winde Spiel,
Und jetzt, als ob Feuer vom Himmel fiel',
Erglüht es in niederschießender Pracht
Überm Wasser unten … Und wieder ist Nacht.

»Wann treffen wir drei wieder zusamm?«
  »Um Mitternacht, am Bergeskamm.«
    »Auf dem hohen Moor, am Erlenstamm.«

»Ich komme.«
»Ich mit.«

»Ich nenn euch die Zahl.«
»Und ich die Namen.«
»Und ich die Qual.«

»Hei!
Wie Splitter brach das Gebälk entzwei.«

»Tand, Tand,
Ist das Gebilde von Menschenhand.«

John Maynard

John Maynard!

»Wer ist John Maynard?«

»John Maynard war unser Steuermann,
Aus hielt er, bis er das Ufer gewann,
Er hat uns gerettet, er trägt die Kron,
Er starb für uns, unsre Liebe sein Lohn.
John Maynard.«

Die »Schwalbe« fliegt über den Erie-See,
Gischt schäumt um den Bug wie Flocken von Schnee,
Von Detroit fliegt sie nach Buffalo –
Die Herzen aber sind frei und froh,
Und die Passagiere, mit Kindern und Fraun,
Im Dämmerlicht schon das Ufer schaun,
Und plaudernd an John Maynard heran
Tritt alles: »Wie weit noch, Steuermann?«
Der schaut nach vorn und schaut in die Rund:
»Noch dreißig Minuten ... Halbe Stund.«

Alle Herzen sind froh, alle Herzen sind frei –
Da klingt's aus dem Schiffsraum her wie Schrei,
»Feuer« war es, was da klang,

Ein Qualm aus Kajütt und Luke drang,
Ein Qualm, dann Flammen lichterloh,
Und noch zwanzig Minuten bis Buffalo.

Und die Passagiere, buntgemengt,
Am Bugspriet stehn sie zusammengedrängt,
Am Bugspriet vorn ist noch Luft und Licht,
Am Steuer aber lagert sich's dicht,
Und ein Jammern wird laut: »Wo sind wir? wo?«
Und noch fünfzehn Minuten bis Buffalo.

Der Zugwind wächst, doch die Qualmwolke steht,
Der Kapitän nach dem Steuer späht,
Er sieht nicht mehr seinen Steuermann,
Aber durchs Sprachrohr fragt er an:
»Noch da, John Maynard?«
»Ja, Herr. Ich bin.«
»Auf den Strand. In die Brandung.«
»Ich halte drauf hin.«
Und das Schiffsvolk jubelt: »Halt aus. Hallo.«
Und noch zehn Minuten bis Buffalo.

»Noch da, John Maynard?« Und Antwort schallt's
Mit ersterbender Stimme: »Ja, Herr, ich halt's.«
Und in die Brandung, was Klippe, was Stein,
Jagt er die »Schwalbe« mitten hinein,
Soll Rettung kommen, so kommt sie nur *so*.
Rettung: der Strand von Buffalo.

Das Schiff geborsten. Das Feuer verschwelt.
Gerettet alle. Nur *einer* fehlt!

Alle Glocken gehn; ihre Töne schwelln
Himmelan aus Kirchen und Kapelln,
Ein Klingen und Läuten, sonst schweigt die Stadt,
Ein Dienst nur, den sie heute hat:
Zehntausend folgen oder mehr,
Und kein Aug im Zuge, das tränenleer.

Sie lassen den Sarg in Blumen hinab,
Mit Blumen schließen sie das Grab,
Und mit goldner Schrift in den Marmorstein
Schreibt die Stadt ihren Dankspruch ein:
»Hier ruht John Maynard. In Qualm und Brand
Hielt er das Steuer fest in der Hand,
Er hat uns gerettet, er trägt die Kron,
Er starb für *uns*, unsre Liebe sein Lohn.
John Maynard.«

Walter Scott in Westminster-Abtei

Ganz London flaggt und jubelt und rennt,
»Heut wird er König, der Prinz-Regent!«
Schon wartet seiner die Klerisei
Vorm Altar der Westminster-Abtei,
Vorm Eingang aber, in Plaid und Kilt,
Und im Helme, draus der Helmbusch quillt,
Über den Platz hin, zieht Spalier
Das Regiment *Schottische Füsilier*!

Und wie gefegt der ganze Plan.
Wer aber die zwei, die da sich nahn?
Sie hoffen auf Zutritt, auf Gunst und Glück;
Umsonst. Kommandoruf: »Zurück!«

Und die Menge, sie lacht, und der eine
wird bleich,
Aber der andre: »Dacht es gleich;
Das alte Lied vom Schaden und Spott,
Lachen wir mit, *Sir Walter Scott*!«

Und sieh, eh noch der Name verklang,
In die Front ein blutjunger Fähnrich sprang,
Seinen Degen senkt salutierend er:
»Richt't euch; präsentiert das Gewehr!
Hoch, König Georg und segn ihn Gott,
Aber Platz, Füsiliers, für Sir Walter Scott!«

Der Weg ist offen, der Weg ist frei,
Sir Walter betritt die Westminster-Abtei.
Die Schotten flüstern: »Das war *er*!«

Der Krönungszug kam weit hinterher.

Herr von Ribbeck auf Ribbeck im Havelland

Herr von Ribbeck auf Ribbeck im Havelland,
Ein Birnbaum in seinem Garten stand,
Und kam die goldene Herbsteszeit
Und die Birnen leuchteten weit und breit,
Da stopfte, wenn's Mittag vom Turme scholl,
Der von Ribbeck sich beide Taschen voll,
Und kam in Pantinen ein Junge daher,
So rief er: »Junge, wiste 'ne Beer?«
Und kam ein Mädel, so rief er: »Lütt Dirn,
Kumm man röwer, ick hebb 'ne Birn.«

So ging es viel Jahre, bis lobesam
Der von Ribbeck auf Ribbeck zu sterben kam.
Er fühlte sein Ende. 's war Herbsteszeit,
Wieder lachten die Birnen weit und breit,
Da sagte von Ribbeck: »Ich scheide nun ab.
Legt mir eine Birne mit ins Grab.«
Und drei Tage drauf, aus dem Doppeldachhaus,
Trugen von Ribbeck sie hinaus,
Alle Bauern und Büdner, mit Feiergesicht,
Sangen »Jesus meine Zuversicht«,
Und die Kinder klagten, das Herze schwer,
»He is dod nu. Wer giwt uns nu 'ne Beer?«

So klagten die Kinder. Das war nicht recht,
Ach, sie kannten den alten Ribbeck schlecht,
Der *neue* freilich, der knausert und spart,
Hält Park und Birnbaum strenge verwahrt,
Aber der *alte*, vorahnend schon
Und voll Mißtraun gegen den eigenen Sohn,

Der wußte genau, was damals er tat,
Als um eine Birn ins Grab er bat,
Und im dritten Jahr, aus dem stillen Haus,
Ein Birnbaumsprößling sproßt heraus.

Und die Jahre gehen wohl auf und ab,
Längst wölbt sich ein Birnbaum über dem Grab,
Und in der goldenen Herbsteszeit
Leuchtet's wieder weit und breit.
Und kommt ein Jung übern Kirchhof her,
So flüstert's im Baume: »Wiste 'ne Beer?«
Und kommt ein Mädel, so flüstert's: »Lütt Dirn,
Kumm man röwer, ick gew di 'ne Birn.«

So spendet Segen noch immer die Hand
Des von Ribbeck auf Ribbeck im Havelland.

Fire, but don't hurt the flag!

Konsul Cunningham, an die dreißig Jahr
Ist er im Amt schon in Tulkahuar.

Ein chilenischer Tag heut; stahlblau die Luft,
Von Westen her weht es wie Meeresduft,
Und auf Cunninghams Hause, leis und lind,
Englands Flagge spielt im Wind.

Jetzt aber, ein Windstoß setzt eben ein,
Klingt's die Straße herauf wie von Lärmen und Schrein,
Soldaten und Volk (»ist der Teufel los«)
Und inmitten des Haufens ein brit'scher Matros.

An schwillt das Gelärm und als näher es kam,
Auf die Straße hinaus tritt Cunningham,
Engländer der Alte, von Kopf zu Zeh,
Glatt, rosig, sein spärliches Haar wie Schnee,
Dazu, nach britischem Brauch und Geschmack,
In weißem Gilet und schwarzem Frack.

Trommeln wirbeln, die Pfeife gellt,
Und als der Zug vor dem Hause jetzt hält,
Der Matrose tritt vor: »Herr, bin in Not,
Erbarmt Euch, sie schleppen mich in den Tod,
Chilenisch Volk, es klagt mich an,
Ich sei der Mörder, *ich* hätt es getan,
Ein andrer führte Stoß und Stich,
Unschuldig bin ich, rettet mich.«

Ein Murmeln, ein Murren. Noch hält der Hauf,
Konsul Cunningham steigt auf das Flachdach hinauf,
Auf dem Flachdach oben, leis und lind
Englands Flagge spielt im Wind;
Die läßt er herab jetzt, – um Schulter und Frack
Schlingt er ruhig-bedächtig den Union-Jack,
Dann wieder treppabwärts: »Nun laßt uns gehn.
Ich will dich begleiten. Wir wollen sehn.«

Und draußen, auf dem Hügel von Sand,
In des Todes Aug der Matrose stand,
Peloton tritt vor, schon schlagen sie an,
Da, über den verlorenen Mann,
Wirft der Konsul das Flaggtuch: »Nun schieße,
wer mag;
Fire, but don't hurt the flag!«

Da senken die Gewehre sich still,
Keiner, der es wagen will.

Wann kommt auch für uns der goldne Tag:
Fire, but don't hurt the flag!

Fliege, leichtgereimte Zeile,
Fliege hin mit Windeseile

Bei passender Gelegenheit

An Bettina

(Bei Lesung ihres Königs-Buches)

Dein Geist nimmt wie auf Lerchenschwingen
Tief in den Himmel seinen Zug,
Und freudig lausch ich seinem Singen,
Und freudig folg ich seinem Flug.

Doch wie die Lerch auf ihren Zügen
Oftmals im Äther mir verschwimmt,
So auch dein Geist auf seinen Flügen,
Wenn er zu hoch ins Blaue klimmt.

An Elise Fontane

Zum 23. April 1845 (?)

Geburtstags-Carmen für Lischen

Liebes Lischen, weißt du was:
Geh nicht oft ins grüne Gras,
Daß du keinen Husten kriegst
Oder krank zu Bette liegst.
Lerne nach wie vor recht fleißig:
Sechs mal sechs ist sechsunddreißig;
Mach beim Schreiben keinen Klex,
Heul nicht zwischen fünf und sechs,
Trage schweigend die Gedulds-
Probe – deinen Maestro Schulz.
Schneide Maxen nie Gesichter,
Ehr in ihm den größten Dichter,
Den Letschin und Posedin
Je erzog und wird erziehn.
Ärgre Reppin nicht! bewahre
Ihm den Rest gesunder Haare,
Daß dein Freund vor Kummer nicht
Lauter graue Löckchen kriegt.

Wolle dich nicht oft erbosen,
Mag der Bock dich selten stoßen,
Sei zur Mutter lieb und innig,
Aber niemals eigensinnig,
Laß durch Jennys Spukgeschichten
Dich nicht ganz zu Grunde richten.
Bitte Jetten (stets beim Schreiben),
Ja recht tugendhaft zu bleiben;
Grüße mir mit ernster Miene
Deine würd'ge Albertine,
Und sei freundlich nach wie vor
Gegen Bruder Theodor.

In das Stammbuch einer Dame

1853(?)

Was ist aus Dichtern schon alles geworden?
Hofräte, mit und ohne Orden; –
Mir aber scheint der Preis auf Erden:
»Von Frauenherzen verstanden zu werden«.

An Emilie

Mit »Ein Sommer in London«

Du bist nun doch einmal die Beste,
Selbst besser als London und seinePaläste,
Und geht es wieder in die Weite,
So sei es nur an deiner Seite,
Soll mir das Leben noch Freude machen,
Müssen zusammen wir weinen und lachen.

Berlin
im Winter 1854 Th. F.

An Franz Kugler

6. Dezember 1855

Mein lieber, bester Lessing.

Es ist nicht warm in meinem Quartier,
Es ist nur höchstens wärmlich,
Und Ärger und Sorge, ach, glaube mir,
Ich fühle mich ganz erbärmlich.

Die Zeitung will nicht recht vom Fleck,
Eintreffen täglich Rüffel,
Und dieser Zeitungsmäusespeck
Ist ohnehin nicht Trüffel.

Heut heißt es: Freund, wir brauchen Ideen
Und morgen, wir brauchen Fakta,
Am dritten Tag: so kann es nicht gehn,
Depeschen, Freund, und Akta!

Am vierten Tag: nicht soviel Krieg,
Am fünften: nicht soviel Frieden,
Und Sie müssen nicht jeden Zeitungssieg
Zu 'nem Glaubensartikel schmieden.

Am sechsten: immer die Maske vor,
Am siebenten: Maske herunter;
Im Kopfe, den ich schon halb verlor,
Wird's immer kunterbunter.

An Emilie

18. Dezember 1855

Dienstag abend

Im Café Divan wieder einmal
Starr ich still in die flammenden Leuchter,
Das Herz wird weihnachts-sentimental
Und die Wimpern werden feuchter;

Doch zwischen die Tränen tritt Freund
Humor,
Ein gemütlich-lustiger Lerse*,
Und nur ein leiser Trauerflor
Legt sich um die lachenden Verse.

Ich seh im Geist ein rumpliges Haus
Und eine rumplige Stube,
Drei Frauen gehen ein und aus,
Und der vierte ist mein Bube;
Die älteste Frau hat schwarzes Haar
Und die jüngste hat es nicht minder,
Das macht, es ist, wie's immer war,
Es ähneln sich Mutter und Kinder.

Die dritte sieht ihren Knaben an,
Unter Lachen und unter Weinen,
Sie denkt: ich hab eine Art von Mann
Und hab auch wieder keinen;
Der Junge spielt und fährt über See,
Um seinen Vater zu suchen,
Er ruft: »Lieb Mutter mein, ade,
Ich hole den Butterkuchen.«

Der Vater ach, ihm ist nicht nett,
Er muß sich wehren und stemmen,
Er säß viel lieber im Kabriolett
Und passierte Friesack und Cremmen;
Er spränge gern zum Wagen hinaus
Am Kanal und der Kirchplatz-Ecke,
Und schleppte gern in das rumplige Haus
Den besten der Ruprecht-Säcke.

Es kann nicht sein; am Londoner Strand,
In Simpsons stolzer Taverne,
Legt an die Stirn er seine Hand
Und träumt sich ferne, ferne.

* siehe Götz von Berlichingen. Anmerkung für unliterarische Leser

Er sieht, durch Nebel und über das Meer,
Eine Fülle lieber Gesichter,
Und heimisch wird es um ihn her
Als brennten die Weihnachtslichter.

Brief an Georgechen

Oxford, 11. August 1856

Hier im Gasthof zum Robin Roy
Schreib ich dir dies, mein süßer boy,
Und wünsche, daß es am rechten Tag
Dich froh und munter treffen mag.
Es sind nun fünf Jahre, daß deine Mama
Mich wissen ließ: »du seiest da«;
Ich erinnre mich dessen, als sei es heut,
Und habe mich sehr über dich gefreut.
Du warst nicht schön, weder fleischig noch
rund,
Und hattest nur einen tüchtigen Mund,
Einen Mund, der, ohne allen Spaß,
Dir genau zwischen beiden Ohren saß; –
Doch sei dem allem, wie ihm woll,
Wir waren ganz deines Ruhmes voll.
Nur in einem schuf uns zu jener Zeit
Dein Mündchen doch Bedenklichkeit,
Das machte, wir hatten selbst nicht satt
Und dachten: »ach wenn er Hunger hat,
Einen Hunger, der diesem Mund entspricht,
So können wir ihn sättigen nicht,
Denn Mutters Vorrat ist sehr gering,
Hilf Himmel, es ist ein schlimmes Ding.«
Und der Himmel tat, was er immer tut,
Er *half*, und alles wurde gut,
Und wurde besser als in der Nacht,
Wo Gott dich schickte, wir je gedacht.
Es fanden sich Milch und Mayersche Flaschen,
Zucker-Biskuite, davon zu naschen,
Es fand sich manches und allerlei,
Und so ging das erste Jahr vorbei.

Das zweite auch; – im dritten Jahr,
Als eben Mamas Geburtstag war,
Da hatten deine Eltern beid'
Um dich kleinen Kerl großes Leid.
Du wurdest uns bis zum Tode krank,
Doch der Himmel half wieder, Gott sei Dank,
Zu Weihnachten, als du eben genesen,
Sind wir voll Dank und Freude gewesen,
Aber die Freude war kaum getan,
Da fingst du zu hinken und humpeln an,
Und die Leute sagten: »Das arme Kind!
Und wie traurig seine Eltern sind!«
Wir rieben mit allerhand Salben dich ein,
Doch die Hülfe sollte woanders sein,
Gott nimmt es dabei nicht eben genau,
Und er wählte für dich eine alte Frau,
Sie riet uns Ulmenbäder an,
Und in vier Wochen war es getan.
Seitdem, mein boy, gleich einem Alten
Hast du dich brav und wacker gehalten
Und hast durchzogen wie ein Held
Zu Wasser und Lande die halbe Welt.
Du hast gespielt auf grüner Halde
Am Ufer der Nuthe in Luckenwalde,
Du hast an der Katzbach dich rumgeschlagen
Wie Vater Blücher in alten Tagen
Und bist ohne langes Federlesen
Ein Gast im großen London gewesen.
Deine Mutter schreibt mir von zu Haus:
Du zögst dich jetzt selber an und aus,
Ausziehen ginge eins, zwei, drei,
Aber anziehn immer noch schwierig sei,
Und du dächtest: »wenn ich das erst kann,
So reis ich nach London und bin ein Mann«.
Beim Lesen mir das gleich gefiel;
Steck dir bei Zeiten ein großes Ziel,
Wem Anziehnlernen rasch gelingt,
Der auch wohl andres rasch bezwingt.
Das kannst du heute noch nicht verstehn,
Doch funfzehn Jahre schnell vergehn,

Und wenn dich Gott am Leben läßt
Und du feierst dann wieder Geburtstagsfest,
Dann wollen wir über die Sache sprechen
Und uns den Kopf ein bißchen zerbrechen.
Heut fühl ich von allem Laufen und Sehn
Sich ein Mühlrad in meinem Kopfe drehn,
Und ich will dir nur sagen noch zum Schluß:
Sei brav und gut! Und nun einen Kuß
von deinem Papa.

An Emilie

Zum 14. November 1856

Ich bin ein rechter Poveretto,
Der freilich dir das Beste gönnt,
Doch hat er keinen Pfennig netto,
Wofür er etwas kaufen könnt.

Ich bin ein rechter Armer-Deibel,
Der allen Anstands sich entschlägt
Und nicht mal einen Band von Geibel
Rot-golden dir zu Füßen legt.

Ich bin ein rechtes Armes-Luder,
Der, wenn er alles recht bedenkt,
Dir nichts als Georgens jüngsten Bruder
Elf Tage vor der Zeit geschenkt.

Ich bin ein armer, armer Krepel
Und mag nicht länger mehr verziehn,
Leb wohl und grüße Lepel-Zepel
Und sag, ich schriebe bald an ihn.

An Theodor Storm

London, d. 4ten Febr. 57

Mein lieber Storm. Andächtiger Zuhörer, lassen Sie vorher durch einen Vers uns stärken!

O Heil'genstadt, du heil'ge Stadt,
Die Dichter in den Mauern hat,
Nicht bändereiche, nicht enorme,
Doch Storm und seine kleinen Storme,
Die, wenn sie naht, die Weihnachtszeit,
Gelesen werden weit und breit
Am Ofen und am Flackerfeuer,
Die »Immensee«, die »Hinzelmeier«,
O Heil'genstadt beschütz den Mann,
Daß er noch vieles dichten kann.

An Emilie

Zum 24. Dezember 1859

Gekommen ist der Heil'ge Christ,
Die ganze Stadt voll Lichter ist,
Auch unsre sollen brennen,
Die Sorgen weg und zünde an,
Ich will derweil, so gut ich kann,
Dir meine Wünsche nennen.

Empfang zuerst ein Strumpfenband,
Das ich für 30 Pfengk erstand
Bei Fonrobert im Laden,
Ich wünsche dir, geliebtes Weib,
Bald wieder einen dünnern Leib
Und etwas dickre Waden.

Empfang alsdann ein Konto-Buch,
Fürs Credit ist es groß genug,
Fürs Debet etwas kleine,
Indes es heißt ja: »rund die Welt«,
Der Beutel wird mal wieder Geld
Und hilft uns auf die Beine.

Und drum zuletzt den heißen Wunsch,
Daß unsres Schicksals dicker Flunsch
Bald hübschren Zügen weiche,
Und daß ein bißchen Sonnenschein
Zieh wieder endlich bei uns ein
Und unser Herz beschleiche.

An Emilie

Mit »Ein Sommer in London«

Wir sind nun zusammen in London gewesen
Mit gutem Gehalt und Reisespesen
Und wissen nun zu dieser Frist,
Was Fremde und was Heimat ist.

Das heimatliche Bettlerhemde
Geht über ein Goldkleid in der Fremde;
Wie viel mir mißfällt und widerstrebt,
Heimat bleibt Heimat, und – man *lebt.*

Berlin Th. F.
d. 9. Oktob. 1861

An Emilie

Zum 14. November 1861

Um 5 tritt Doktor Pröhle ein,
Um 6½ bei Betas sein,
Dazwischen Briefeschreibung
Und Dachsenfett-Einreibung.

Das ist denn doch für Pegasus
Fast eine allzu harte Nuß;
»Zum Teufel das Geläpper«,
So schäumt der alte Klepper.

Nun still nur, endlich Ruhe ist,
Noch 5 Minuten hab ich Frist,
Ach nur noch 5 Minuten,
Da heißt es wohl sich sputen.

Ich wünsch uns zwein an diesem Tag,
Daß es nicht schlimmer kommen mag;
Kein Grund liegt vor zum Zanken,
Viel Grund liegt vor zum Danken.

So sei denn laut gedanket heut
Für alles Gute, das uns freut;
Nichts mehr hab ich zu schreiben
Als: mög's noch lang so bleiben!

An Emilie

Zum 24. Dezember 1862

Es ändern im Leben sich die Dinge,
Lahm wird der Schwung, lahm wird die Schwinge,
Die Liebe, die sonst im Äther schwamm,
Sie steigt hinunter zu Seife und Kamm.

Der Kamm für zwölf einen halben Groschen
Ist aus einem Laden mit Gummi-Galoschen,
Die Seife (aus einem kleinen Basar)
Wohl nie bei »Treu und Nuglisch« war.

Sei's drum; wenn ich es recht begreife,
Ist gar nicht so übel der Kamm und die Seife,
Und war auch die Lieb einst noch so stramm,
Noch strammer ist Liebe mit Seife und Kamm.

Nur stramme Liebe, ums recht zu bedenken,
Kann's wagen, Kamm und Seife zu schenken,
Und glücklich die Ehe, wo Frau und Mann
Sich Kamm und Seife schenken kann.

An Emilie

Mit Gesang- und Wirtschaftsbuch
zu Weihnachten 1865

Wenn das Wirtschaftsbuch nicht stimmt
Und das Debet das Credit überklimmt,
Geben die alten Luther-Lieder
Trost und Contenance wieder.

An Pauline von Katte-Wust

16. (?) August 1867

Bunte Bilder in raschem Lauf
Steigen wechselnd vor mir auf:
Wust, der alte Katten-Sitz,
Im Sarge der Freund von Kronprinz Fritz.
Roter Abendschimmer umfloß
Die alte Linde vorm Bismarckschloß.

Und Mond und Wolken sah ich ziehn
Über Turm und Pappeln von Redekin –
Wünsche, die lang ich im Herzen getragen,
Wurden erfüllt in diesen drei Tagen,
Und ein dankbar Angedenken
Werd ich den Damen des Hauses schenken.

Es war einmal ein Kater,
Der knurrte täglich sehr,
Da sprach zu ihm sein Vater:
Komm Söhnchen einmal her.
Er machte ihm den Buckel krumm
Und gab ihm einen Maulkorb um
Und steckt ihm Kopf und Schnauz hinein,
Auf daß er lerne höflich sein.

An Emilie

Zum 14. November 1876

Wohl nur, weil dir Strophenkram
Grade jetzt zuwider,
Mich ein Lüstchen überkam:
Schreibe Verse nieder.

Denn der Hang zum Widerstreit,
Der mir so zu eigen,
Will sich eben jederzeit
Als sich selber zeigen.

Aber ob es dies nun war,
Oder minder Schroffes,
Trete in ein freundlich Jahr,
Mindestens erhoff es.

Hoff es, wenn du recht es willst,
Wirst du's auch gewinnen,
Aber wenn du weiter schiltst,
Scheuchest du's von hinnen.

Schelten ist nicht immer laut;
Auch das halbe Schelten,
Das aus trübem Auge schaut,
Kann als ganzes gelten.

Leg es ab: sieh wieder hell;
Ach was ist hienieden?
Gönne mir die stille Stell
Und mein bißchen Frieden.

Und so du dazu bereit,
Will ich Dank dir sagen,
Aber ohne Bitterkeit
Auch das andre tragen.

An Marie und Adolf Meyer

Haus Forsteck

Gelb wird das Laub, es rötet sich die Frucht,
In blauer Stille liegt die Kieler Bucht,
Es schweigt der Wind, die Fläche zittert kaum,
Und nur die Möwen sind wie Wellenschaum.

Und hier am Ufer, aus der Waldesnacht
Uralter Eichen hell ein Giebel lacht,
Ein heller Giebel und ein helles Haus,
Und wie von Tauben fliegt es ein und aus,
In Blumen steht es Lenz' und Herbsteszeit
Ein sichtbar Zeichen seiner Gastlichkeit.

Das Gittertor am Parke schließt sich nie,
Die hohen Fenster, »komm nur« sprechen sie,
Und Virchow kommt und feiert Nach-Kongreß,
Stockhausen kommt und schwelgt in Fug' und Mess',
Und Niepa kommt, vom Zeitungsdienste müd,
Und Lindau kommt im Glanz von »Nord und Süd«
Und einer noch (es zögerte sein Fuß
Im Abschieds-Augenblick) … und hier – sein Gruß.

Berlin, 2. Oktober 1878

An die Familie zu Inn- und Knyphausen

25. Juli 1880

Lütsburg

Ein uraltes Schloß am Meeresstrand;
Ein herrlicher Park im baumlosen Land;
Durch Dämme geschützt vor der stürmenden Flut,
Manch geräumiger Hof, manch reiches Gut,
Viel wogendes Korn und Vieh auf der Weide
Und mahlende Mühlen und schweigende Heide.
Viel Gottessegen! Wie seltenste Arten

Der Bäume gedeihn trotz des Nordwinds im Garten,
Wie die Rosen ums Schloß blühn wunderbar,
So blüht im Hause die Töchterschar,
Wie im Hofe entspringt ein klarer Quell,
In den Herzen sprudelt der Frohsinn hell.
Die Jüngsten umjubeln die alte Veste,
Die Großen empfangen im Saale die Gäste,
Neun Schwestern, von eigener Art eine jede,
Und doch so ähnlich in Antlitz und Rede;
Die Stirnen klar und hell die Blicke,
Und alle haben den Schalk im Genicke;
Selbständig jede und selbstlos zugleich,
Streng gegen sich, für die andern weich.
Wer jemals hier Gastfreundschaft genoß,
Des Geist spukt stets um das alte Schloß.

An Emilie

Zum 14. November 1880

Mit neuen Pfropfen

Es hilft uns kein Gedeutel,
So nimm es, wie es fällt,
Der eine hat den Beutel,
Der andre hat das Geld.

Es läßt sich nichts erklopfen –
Der eine hat den Wein,
Der andre hat die Pfropfen,
Man muß zufrieden sein.

An Emilie

1881-1891

Zum 14. November

Ein Viertelpfund gebrannte Mandeln,
Ein Viertelpfund kandierte Nuß,
Mehr mocht ich nicht für dich erhandeln,
Und tat auch dies nur, weil ich muß.

Zum 14. November

Ein Drittel für Servietten
Und Tischtuch halte bereit,
Zwei Drittel für einen netten
Tuchmantel zu seiner Zeit.

Zum 14. November

Dreißig Taler (20 wieder raus)

Nicht für viele Kleider,
Für eines nur;
Den Rest (leider)
Erbitt ich retour.

Zum 14. November

Dir nichts zu schenken hab ich versprochen,
Und sieh, getreulich halt ich's dir;
Unmöglich wird mein Wort gebrochen
Durch dieses lumpige Stück Papier.

An Emilie

Zum 24. Dezember 1887

Der neue Roman, ich hab ihn fertig,
Wenn auch nicht in allen Stucken,
Er ist noch deiner Abschrift gewärtig, –
Dann kann ihn Kröner drucken.

»Unwiederbringlich« sein Titel ist,
Unwiederbringlich ist vieles,
Doch lassen wir das zum Heiligen Christ
Und gedenken wir – *unsres* Zieles.

Für die Tombola des Pressefestes

am 31. Januar 1891

Zu »Graf Petöfy«

Etwas politisch, etwas kirchlich,
Etwas Dichtung, etwas wirklich,
Etwas Ungarn, etwas Prater
Und vor allem viel Theater.

Immer berlinische Geschichten,
Will auch andres mal berichten,
Schenk auch mal einen andren Wein,
Ungrisch, ungrisch soll es sein.

Zu »Stine«

Will dir unter den Puppen allen
Grade »Stine« nicht recht gefallen,
Wisse, ich finde sie selbst nur soso, –
Aber die Witwe Pittelkow!

Graf, Baron und andre Gäste,
Nebenfiguren sind immer das Beste,
Kartoffelkomödie, Puppenspiel,
Und der Seiten nicht allzuviel.

An Emilie

Zum 24. Dezember 1891

Noch einmal ein Weihnachtsfest,
Immer kleiner wird der Rest,
Aber nehm ich so die Summe,
Alles Grade, alles Krumme,
Alles Falsche, alles Rechte,
Alles Gute, alles Schlechte –
Rechnet sich aus all dem Braus

Doch ein richtig Leben raus,
Und dies können ist das Beste
Wohl bei diesem Weihnachtsfeste.

An Emilie

Zum 14. November 92

»Mai, Juni, Juli und August,
O wunderschöne Sommerlust«,
So hat einst Platen es drucken lassen,
Uns aber wollt es heuer nicht passen,
Mai, Juni, Juli und August
Lagen uns schwer auf Herz und Brust.

Nun haben wir, geliebte Frau,
Statt des Sommers wieder Novembergrau,
Novembergrau, das so schlimm nicht ist,
Schon schimmert herüber der Heilige-Christ,
Und hat noch den besonderen Wert,
Daß es mir *dich* in die Welt beschert.

Und ich wünsche, daß du darin noch bleibst,
Unlogisch weiter plauderst und schreibst,
Wie dir's gefällt, gefällt es mir eben,
Also wolle für mich noch weiter leben!

An ***

Mit »Meine Kinderjahre«

»Was? wie?
'ne Biographie?
Und, Gott bewahre,
Bloß bis zum 12. Jahre, –
Was man nicht alles erleben kann!«
Nehmen Sie's trotzdem freundlich an.

Berlin Ihr Th. F.
1. Dezemb. 93

An Emilie

Ein Bon als Weihnachtsgeschenk 1893

Unter einem Pappendeckel,
Der mein »Arnheim«, liegt mein Säckel;
Diesen dir bekannten Kasten
Kannst du jederzeit entlasten,
Aber, bitt ich untertänig,
Wenn es sein kann, nimm nur wenig.

An Emilie

Zum 14. November 1896

Einen Topf mit einer Eriké
Kriegst du wohl von der Gerike,
Von mir empfange, geliebte Olle,
Nur diese Hyazinthenknolle; –
Knollig erblühe dir jegliches Gute,
Vor allem sei dir *wohl* zu Mute.

P. S.
Da du das Geld hast, so versenke
Dich selbst in den Ankauf der Geschenke.

Gruss an Autographensammler

Jeden Morgen (auch wohl, daß es zweimal sich traf)
Fordert ein Gönner 'nen Autograph.
Ich schreib auch gleich ohne langes Besinnen,
Denn der Gönner meiste sind Gönnerinnen.
So komm ich im Jahr auf mehrere Hundert,
Von jedem einzelnen ward ich bewundert,
Ein'ge von ganz fanatischem Wesen
Haben »Sämtliches« gelesen,
Das gibt, rechn ich zehn Jahr zurück,
Dreitausendsechshundertundfünfzig Stück,
Dreitausendsechshundertundfünfzig Bände
Von jedem Roman, – – Wenn's doch so stände!

Als ich zwei dicke Bände herausgab

»1200 Seiten auf einmal,
Und mit 78 (beinah ein Skandal),
Konntest es doch auf 4mal verteilen« –
Ihr könnt es. Aber bei mir heißt's eilen,
Allerorten umklingt mich wie Rauschen im Wald:
»Was du tun willst, tue bald.«

Und ist nichts in Sicht geblieben
Als der letzte dunkle Punkt

RESIGNATION

Spätherbst

Schon mischt sich Rot in der Blätter Grün,
Reseden und Astern sind im Verblühn,
Die Trauben geschnitten, der Hafer gemäht,
Der Herbst ist da, das Jahr wird spät.

Und doch (ob Herbst auch) die Sonne glüht, –
Weg drum mit der Schwermut aus deinem Gemüt!
Banne die Sorge, genieße was frommt,
Eh Stille, Schnee und Winter kommt.

»O trübe diese Tage nicht«

O trübe diese Tage nicht,
Sie sind der letzte Sonnenschein,
Wie lange, und es lischt das Licht
Und unser Winter bricht herein.

Dies ist die Zeit, wo jeder Tag
Viel Tage gilt in seinem Wert,
Weil man's nicht mehr erhoffen mag,
Daß *so* die Stunde wiederkehrt.

Die Flut des Lebens ist dahin,
Es ebbt in seinem Stolz und Reiz,
Und sieh, es schleicht in unsern Sinn
Ein banger, nie gekannter Geiz;

Ein süßer Geiz, der Stunden zählt
Und jede prüft auf ihren Glanz,
O sorge, daß uns keine fehlt,
Und gönn uns jede Stunde *ganz*.

Trost

Tröste dich, die Stunden eilen,
Und was all dich drücken mag,
Auch das Schlimmste kann nicht weilen,
Und es kommt ein andrer Tag.

In dem ew'gen Kommen, Schwinden,
Wie der Schmerz liegt auch das Glück,
Und auch heitre Bilder finden
Ihren Weg zu dir zurück.

Harre, hoffe. Nicht vergebens
Zählest du der Stunden Schlag,
Wechsel ist das Los des Lebens
Und – es kommt ein andrer Tag.

Schlaf

Nun trifft es mich, wie's jeden traf,
Ich liege wach, es meidet mich der Schlaf,
Nur im Vorbeigehn flüstert er mir zu:
»Sei nicht in Sorg, ich sammle deine Ruh,
Und tret ich ehstens wieder in dein Haus,
So zahl ich alles dir auf einmal aus.«

Dolor Tyrannus

Und Dolor Tyrannus also sprach:
»Ihr lieben Ärzte, gemach, gemach,
Immer enger wollt ihr mich umziehn
Mit Opium, Morphium, Kokain,
Immer reicher stellt sich euch zur Wahl
Äther, Chloroform, Chloral,
Und doch, ob Brom, ob Jod, ob Od,
Der Schmerz ist ewig wie der Tod.«

Die Frage bleibt

Halte dich still, halte dich stumm,
Nur nicht forschen, warum? warum?

Nur nicht bittre Fragen tauschen,
Antwort ist doch nur wie Meeresrauschen.

Wie's dich auch aufzuhorchen treibt,
Das Dunkel, das Rätsel, die Frage bleibt.

Butterstullenwerfen

Es fliegt ein Stein (die Hand warf ihn gut)
Kräftig, waagrecht über die Flut.

Eine Säule steigt auf und der Sonne Schein
Malt einen Regenbogen hinein.

Und weiter, ein zweites und drittes Mal,
Erhebt sich der siebenfarbige Strahl.

Aber je weiter vom Ufer entfernt,
Der Stein im Fluge das Fliegen verlernt.

Eine Schwere zieht ihn, es ebbt seine Kraft,
Der Strahl ermattet und erschlafft.

Ein Kräuseln noch einmal, ein Tropfen blinkt,
Und dann Ruh und Stille, – der Stein versinkt.

Man hat es oder hat es nicht

Nur als Furioso nichts erstreben
Und fechten, bis der Säbel bricht,
Es muß sich dir von *selber* geben –
Man hat es oder hat es nicht.

Der Weg zu jedem höchsten Glücke,
Wär das Gedräng auch noch so dicht,
Ist keine Beresina-Brücke, –
Man hat es oder hat es nicht.

Glaub nicht, du könntst es *doch* erklimmen
Und Wolln sei höchste Kraft und Pflicht,
Was *ist*, ist durch Vorherbestimmen, –
Man hat es oder hat es nicht.

Würd es mir fehlen, würd ich's vermissen?

Heute früh, nach gut durchschlafener Nacht,
Bin ich wieder aufgewacht.
Ich setzte mich an den Frühstückstisch,
Der Kaffee war warm, die Semmel war frisch,
Ich habe die Morgenzeitung gelesen
(Es sind wieder Avancements gewesen).
Ich trat ans Fenster, ich sah hinunter,
Es trabte wieder, es klingelte munter,
Eine Schürze (beim Schlächter) hing über dem Stuhle,
Kleine Mädchen gingen nach der Schule, –
Alles war freundlich, alles war nett,
Aber wenn ich weiter geschlafen hätt
Und tät von alledem nichts wissen,
Würd es mir fehlen, würd ich's vermissen?

Ausgang

Immer enger, leise, leise
Ziehen sich die Lebenskreise,
Schwindet hin, was prahlt und prunkt,
Schwindet Hoffen, Hassen, Lieben,
Und ist nichts in Sicht geblieben
Als der letzte dunkle Punkt.

Überlass es der Zeit

Erscheint dir etwas unerhört,
Bist du tiefsten Herzens empört,
Bäume nicht auf, versuch's nicht mit Streit,
Berühr es nicht, überlaß es der Zeit.
Am ersten Tag wirst du feige dich schelten,
Am zweiten läßt du dein Schweigen schon gelten,
Am dritten hast du's überwunden,
Alles ist wichtig nur auf Stunden,
Ärger ist Zehrer und Lebensvergifter,
Zeit ist Balsam und Friedensstifter.

Ja, das möcht ich noch erleben

Eigentlich ist mir alles gleich,
Der eine wird arm, der andre wird reich,
Aber mit Bismarck, – was wird das noch geben?
Das mit Bismarck, das möcht ich noch erleben.

Eigentlich ist alles soso,
Heute traurig, morgen froh,
Frühling, Sommer, Herbst und Winter,
Ach es ist nicht viel dahinter.
Aber mein Enkel, so viel ist richtig,
Wird mit nächstem vorschulpflichtig,
Und in etwa vierzehn Tagen
Wird er eine Mappe tragen,
Löschblätter will ich ins Heft ihm kleben –
Ja, das möcht ich noch erleben.

Eigentlich ist alles nichts,
Heute hält's und morgen bricht's,
Hin stirbt alles, ganz geringe
Wird der Wert der ird'schen Dinge;
Doch wie tief herabgestimmt
Auch das Wünschen Abschied nimmt,
Immer klingt es noch daneben:
Ja, das möcht ich noch erleben.

O DU wunderschöner Herbst,
Wie du die Blätter golden färbst,
Deiner reinen Luft, so klar und still,
Noch einmal ich mich freuen will.

Ich geh den Wald, den Weiher entlang,
Es schweigt das Leben, es schweigt Gesang,
Ich hemme den Schritt, ich hemme den Lauf,
Erinnerungen ziehen herauf.

Erinnerungen sehen mich an,
Haben es wohl auch sonst getan,
Nur eines hält nicht mehr damit Schritt,
Lachende Zukunft geht nicht mehr mit.

MEIN LEBEN, ein Leben ist es kaum,
Ich geh durch die Straßen als wie im Traum.
Wie Schatten huschen die Menschen hin,
Ich selber ein Schatten dazwischen bin.
Und im Herzen tiefe Müdigkeit,
Alles mahnt mich, es ist Zeit.

UMSONST

Immer rascher fliegt der Funke,
Jede Dschunke und Spelunke
Wird auf Wissenschaft bereist,
Jede Sonne wird gewogen,
Und in Rechnung wird gezogen,
Was noch sonnenjenseits kreist.

Immer höhre Wissenstempel,
Immer richt'ger die Exempel,
Wie Natur es draußen treibt,
Immer klüger und gescheiter,
Und wir kommen doch nicht weiter,
Und das Lebensrätsel bleibt.

Drehrad

Heute, Sonntag, hat einer ein Lied gedichtet,
Morgen, Montag, wird wer hingerichtet,
Dienstag verdirbt sich ein Prinz den Magen,
Mittwoch wird eine Schlacht geschlagen,
Donnerstag habe ich Skatpartie,
Freitag stirbt ein Kraftgenie,
Samstag wird überall eingebrochen,
Und so geht es durch viele Wochen:
Bilder, blaue, rote, gelbe,
Aber der Inhalt bleibt derselbe.

»Immer eigensinniger und verstockter
Wirst du, … so frage doch den Dokter,
So lange man lebt, muß man doch leben,
Du huste[s]t, 's muß doch am Ende was geben,
Einen Brunnen, ein Bad, eine Medizin,
Sulfonal oder Antipyrin,
Massage, Kneipp, Kaltwasserkur,
Versuch doch irgend etwas nur,
Davos oder Nizza, Sylt oder Föhr,
Oder bloß auch Mampes Magenlikör.«

So stürmt es zu Zeiten auf mich ein,
Ich nehm es hin, ich steck es ein,
Ich denke der Szene, die jahrauf, jahrab
Ich halbjährlich mit meinem Schuhmacher hab,
Ich zeig ihm dann ein Stiefelpaar,

Das in Ehren gedient seit manchem Jahr,
Und will ihn, während Zigarren glimmen,
Zu 'nem Riester für den Stiefel bestimmen.
Er aber dreht bloß hin und her
Den Stiefel und lächelt: »Wirklich, es lohnt sich
nicht mehr.«

LEBEN

Leben; wohl dem, dem es spendet
Freude, Kinder, täglich Brot,
Doch das Beste, was es sendet,
Ist das Wissen, daß es endet,
Ist der Ausgang, ist der Tod.

Es geht zu End und ich blicke zurück.
Wie war mein Leben? wie war mein Glück?

LEBENSRÜCKBLICKE

Bei Verbannung meines Tagebuches

Tagebuch, du nahmst mich pünktlich
Wochenlang zu Protokoll,
Doch dein Inhalt, so bedünkt's mich –
Ist zum Weinen jammervoll.

Will aufs neu zur Hand dich nehmen,
Wenn sein täglich Treiben man
(Ohne dessen sich zu schämen),
Schwarz auf weiß verew'gen kann.

Tagebuchen durfte freilich
Caesar oder Xenophon;
Unsereins wirft auch die Würfel,
Doch wo bleibt der Rubikon!

Poesie, das liebe Hexchen,
Lebt nicht länger mehr mit mir,
Legt nur dann und wann ein Klexchen
Still vor meine Stubentür.

Wenn ich morgens dann erwache
Und das Klexchen liegen seh,
Denk ich, das ist ihre Rache,
Weil ich jetzt mit andern geh.

Dummes Ding, sie will's nicht fassen,
Daß ich tu nur, was ich muß;
Sollt mich lieber laufen lassen
Ohne Vorwurf und Verdruß.

Die Tage von Dobbertin

Die Sonne ist im Scheiden,
Das Boot fährt über den See,
Die Erlen und die Weiden
Spiegeln sich im See;
Die Schwäne stillere Kreise
Im weiten Wasser ziehn,
Ich denk an die goldenen Tage,
An die Tage von Dobbertin.

Der alte Musikant

(Aus einer Novelle)

Jung, in den hohen Spielmannsorden
Trat ein ich, weil es mir gefiel,
Nun »alter Musikant« geworden,
Zieh ich umher mit meinem Spiel.

Um schweift mein Aug, um geht der Teller,
Ein Scherflein, zögernd, fällt hinein,
Ich nehme meinen Beifalls-Heller
Und muß es noch zufrieden sein.

Ach, hingeschwundne junge Tage,
Nie wieder kehrt ihr mir zurück, –
Und doch an Frau Fortunas Schlage,
So fruchtlos Bitten auch und Klage,
Harr ich noch immer auf mein Glück.

Herbstgefärbt

Rot und gelbe Herbsteslehnen
An der fernen Berge Joch,
Und wie Frühlingsgruß und Sehnen
Blühen um mich her Verbenen,
Aber ach wie lange noch?!

Und so schwindet hin das Leben,
Schwindet, und du liebst es *doch*;
Wieder regt sich Stolz und Streben,
Und der *Wunsch* keimt auf daneben, –
Aber ach wie lange noch?!

Zuspruch

Such nicht immer, was dir fehle,
Demut fülle deine Seele,
Dank erfülle dein Gemüt.
Alle Blumen, alle Blümchen,
Und darunter selbst ein Rühmchen,
Haben auch für dich geblüht!

Publikum

Das Publikum ist eine einfache Frau,
Bourgeoishaft, eitel und wichtig,
Und folgt man, wenn sie spricht, genau,
So spricht sie nicht mal richtig.

Eine einfache Frau, doch rosig und frisch,
Und ihre Juwelen blitzen,
Und sie lacht und führt einen guten Tisch
Und es möchte sie jeder besitzen.

Unter ein Bildnis Adolf Menzels

Gaben, wer hätte sie nicht? Talente – Spielzeug für Kinder,
Erst der Ernst macht den Mann, erst der Fleiß das Genie.

Was mir gefällt

Du fragst: »ob mir in dieser Welt
Überhaupt noch was gefällt?«
Du fragst es und lächelst spöttisch dabei.

»Lieber Freund, mir gefällt noch allerlei:
Jedes Frühjahr das erste Tiergartengrün,
Oder wenn in Werder die Kirschen blühn,
Zu Pfingsten Kalmus und Birkenreiser,
Der alte Moltke, der alte Kaiser,
Und dann zu Pferd, eine Stunde später,
Mit dem gelben Streifen der ›Halberstädter‹;
Kuckucksrufen, im Wald ein Reh,
Ein Spaziergang durch die Läster-Allee,
Paraden, der Schapersche Goethekopf
Und ein Backfisch mit einem Mozartzopf.«

Grosses Kind

Ich bin, trotz manchem Unterfangen,
Ein großes Kind durchs Leben gegangen.

Ich las das Tollste, die Hauptgeschicht,
Immer nur im Polizeibericht.

Und dieses Tollste, – von ihm zu lesen,
Ist eigentlich *auch* schon zuviel gewesen.

Was mir fehlte

Wenn andre Fortunens Schiff gekapert,
Mit *meinen* Versuchen hat's immer gehapert,
Auf halbem Weg, auf der Enterbrücke,
Glitt immer ich aus. War's Schicksalstücke?
War's irgend ein großes Unterlassen?
Ein falsches die Sach-am-Schopfe-fassen?
War's Schwachsein in den vier Elementen,

In Wissen, Ordnung, Fleiß und Talenten?
Oder war's – ach, suche nicht zu weit,
Was mir fehlte, war: Sinn für *Feierlichkeit.*

Ich blicke zurück. Gott sei gesegnet,
Wem bin ich nicht alles im Leben begegnet!
Machthabern aller Arten und Grade,
Vom Hof, von der Börse, von der Parade,
»Damens« mit und ohne Schnitzer,
Portiers, Hauswirte, Hausbesitzer,
Ich konnte mich allen bequem bequemen,
Aber feierlich konnt ich sie nicht nehmen.

Das rächt sich schließlich bei den Leuten,
Ein jeder möchte was Rechts bedeuten,
Und steht mal was in Sicht oder Frage,
So sagt ein Reskript am nächsten Tage:
»Nach bestem Wissen und Gewissen,
Er läßt doch den rechten Ernst vermissen,
Alle Dinge sind ihm immer nur Schein,
Er ist ein Fremdling, er paßt nicht hinein,
Und ob das Feierlichste gescheh,
Er sagt von jedem nur: ›Fa il Ré‹.«

Suche nicht weiter. Man bringt es nicht weit,
Bei fehlendem Sinn für Feierlichkeit.

Rückblick

Es geht zu End und ich blicke zurück.
Wie war mein Leben? wie war mein Glück?

Ich saß und machte meine Schuh;
Unter Lob und Tadel sah man mir zu.

»Du dichtest, das ist das Wichtigste ...«
»Du dichtest, das ist das Nichtigste.«

»Wenn Dichtung uns nicht zum Himmel trüge ...«
»Phantastereien, Unsinn, Lüge.«

»Göttlicher Funke, Prometheusfeuer …«
»Zirpende Grille, leere Scheuer.«

Von hundert geliebt, von tausend mißacht't,
So hab ich meine Tage verbracht.

So und nicht anders

Die Menschen kümmerten mich nicht viel,
Eigen war mein Weg und Ziel.

Ich mied den Markt, ich mied den Schwarm,
Andre sind reich, ich bin arm.

Andre regierten (regieren noch),
Ich stand unten und ging durchs Joch.

Entsagen und lächeln bei Demütigungen,
Das ist die Kunst, die *mir* gelungen.

Und doch, wär's in die Wahl mir gegeben,
Ich führte noch einmal dasselbe Leben.

Und sollt ich noch einmal die Tage beginnen,
Ich würde denselben Faden spinnen.

Aber wir lassen es andere machen

Ein Chinese ('s sind schon an 200 Jahr)
In Frankreich auf einem Hofball war.
Und die einen frugen ihn: ob er das kenne?
Und die andern frugen ihn: wie man es nenne?
»Wir nennen es tanzen«, sprach er mit Lachen,
»Aber wir lassen es *andere* machen.«

Und dieses Wort, seit langer Frist,
Mir immer in Erinnerung ist.
Ich seh das Rennen, ich seh das Jagen,

Und wenn mich die Menschen umdrängen und
fragen,
»Was tust du nicht mit? Warum stehst du bei Seit?«
So sag ich: »Alles hat seine Zeit.
Auch die Jagd nach dem Glück. All derlei Sachen,
Ich lasse sie längst durch andere machen.«

FESTER BEFEHL

In Arkadien wurd auch *ich* geboren.
Auch *ich* habe mal auf Freiheit geschworen.

Ich haßte Schranzen und Fürstenschmeichler,
Glaubte beinah an Held und Eichler,
Und Herwegh, Karl Beck und Dingelsteten
Erhob ich zu meinen Leibpoeten.

»... Auf dem offnen Meere der Freiheit
schwimmen ...
Ein Volk muß immer sich selbst bestimmen,
Ein Volk geht immer die rechten Wege,
Nieder die Polizeigehege,
Nieder die possidentes beati –«
So dacht auch ich. Oh, tempi passati!

Freiheit freilich. Aber zum Schlimmen
Führt der Masse sich selbst Bestimmen,
Und das Klügste, das Beste, Bequemste,
Das auch *freien* Seelen weitaus Genehmste,
Heißt doch schließlich, ich hab's nicht Hehl:
Festes Gesetz und fester Befehl.

LEBENSWEGE

Fünfzig Jahre werden es ehstens sein,
Da trat ich in meinen ersten »Verein«.
Natürlich Dichter. Blutjunge Ware:
Studenten, Leutnants, Refrendare.

Rang gab's nicht, *den* verlieh das »Gedicht«,
Und *ich* war ein kleines Kirchenlicht.

So stand es, als Anno 40 wir schrieben,
Aber ach, wo bist du Sonne geblieben,
Ich bin noch immer, was damals ich war,
Ein Lichtlein auf demselben Altar,
Aus den Leutnants aber und Studenten
Wurden Genräle und Chefpräsidenten.

Und mitunter, auf stillem Tiergartenpfade,
Bei »Kön'gin Luise« trifft man sich grade.

»Nun, lieber F., noch immer bei Wege?«
»Gott sei Dank, Exzellenz, ... Trotz Nackenschläge ...«

»Kenn ich, kenn ich. Das Leben ist flau ...
Grüßen Sie Ihre liebe Frau.«

MEINE GRÄBER

Kein Erbbegräbnis mich stolz erfreut,
Meine Gräber liegen weit zerstreut,
Weit zerstreut über Stadt und Land,
Aber all in märkischem Sand.

Verfallene Hügel, die Schwalben ziehn,
Vorüber schlängelt sich der Rhin,
Über weiße Steine, zerbröckelt all,
Blickt der alte Ruppiner Wall,
Die Buchen stehn, die Eichen rauschen,
Die Gräberbüsche Zwiesprach tauschen
Und Haferfelder weit auf und ab, –
Da ist meiner Mutter Grab.

Und ein andrer Platz, dem verbunden ich bin:
Berglehnen, die Oder fließt dran hin,
Zieht vorüber in trägem Lauf,

Gelbe Mummeln schwimmen darauf.
Am Ufer Werft und Schilf und Rohr
Und am Abhange schimmern Kreuze hervor,
Auf eines fällt heller Sonnenschein, –
Da hat mein Vater seinen Stein.

Der dritte, seines Todes froh,
Liegt auf dem weiten Teltow-Plateau,
Dächer von Ziegel, Dächer von Schiefer,
Dann und wann eine Krüppelkiefer,
Ein stiller Graben die Wasserscheide,
Birken hier und da eine Weide,
Zuletzt eine Pappel am Horizont, –
Im Abendstrahle sie sich sonnt.
Auf den Gräbern Blumen und Aschenkrüge,
Vorüber in Ferne rasseln die Züge,
Still bleibt das Grab und der Schläfer drin, –
Der Wind, der Wind geht drüber hin.

AM JAHRESTAG

(27. September 1888)

Heut ist's ein Jahr, daß man hinaus dich trug,
Hin durch die Gasse ging der lange Zug,
Die Sonne schien, es schwiegen Hast und Lärmen,
Die Tauben stiegen auf in ganzen Schwärmen.
Und rings der Felder herbstlich buntes Kleid,
Es nahm dem Trauerzuge fast sein Leid,
Ein Flüstern klang mit ein in den Choral,
Nun aber schwieg's, – wir hielten am Portal.

Der Zug bog ein, da war das frische Grab,
Wir nächsten beide sahen still hinab,
Der Geistliche, des Tages letztes Licht
Umleuchtete sein freundlich ernst Gesicht,
Und als er nun die Abschiedsworte sprach,
Da sank der Sarg und Blumen fielen nach,
Spätrosen, rot und weiße, weiße Malven,
Und mit den Blumen fielen die drei Salven.

Das klang so frisch in unser Ohr und Herz,
Hin schwand das Leid uns, aller Gram und Schmerz,
Das Leben, war dir's wenig, war dir's viel?
Ich weiß das Eine nur, du bist am Ziel,
In Blumen durftest du gebettet werden,
Du hast die Ruh nun, Erde wird zu Erden,
Und kommt die Stund uns, dir uns anzureihn,
So laß die Stunde, Gott, wie diese sein.

Fritz Katzfuss

Fritz Katzfuß war ein fünfzehnjähr'ger Junge,
Rothaarig, sommersprossig, etwas faul
Und stand in Lehre bei der Witwe Marzahn,
Die geizig war und einen Laden hatte,
Drin Hering, Schlagwurst, Datteln, Schweizerkäse,
Samt Pumpernickel, Lachs und Apfelsinen
Ein friedlich Dasein miteinander führten.
Und auf der hohen, etwas schmalen Leiter,
Mit ihren halb schon weggetretnen Sprossen,
Sprang unser Katzfuß, wenn die Mädchen kamen
Und Soda, Waschblau, Grieß, Korinthen wollten,
Geschäftig hin und her.
Ja, sprang er *wirklich*?
Die Wahrheit zu gestehn, *das* war die Frage.
Die Mädchen, deren Schatz oft draußen paßte,
Vermeinten ganz im Gegenteil, »er nöle«,
Sei wie verbiestert und durchaus kein »Katzfuß«.
Im Laden, wenn Frau Marzahn auf ihn passe,
Da ging' es noch, wenn auch nicht grad aufs beste,
Das Schlimme käm erst, wenn er wegen Selter-
Und Sodawasser in den Keller müsse,
Das sei dann manchmal gradzu zum Verzweifeln,
Und wär er nicht solch herzensguter Junge,
Der nie was sage, nie zu wenig gebe,
Ja, meistens, daß die Waagschal überklappe,
So wär's nicht zu beleben.
Und nicht besser
Klang, was die Herrin selber von ihm sagte,

Die Witwe Marzahn. »Wo der dumme Junge
Nur immer steckt? Hier vorne *muß* er flink sein,
Doch soll er übern Hof und auf den Boden,
So dauert's ewig, und ist gar Geburtstag
Von Kaiser Wilhelm oder Sedanfeier
Und soll der Stock raus mit der preuß'schen Fahne
(Mein sel'ger Marzahn war nicht für die deutsche),
Fritz darf nicht rauf, – denn bis Dreiviertelstunden
Ist ihm das mindste.«
So sprach Witwe Marzahn
Und kurz und gut, Fritz Katzfuß war ein Rätsel,
Und nur das eine war noch rätselvoller,
Daß, wie's auch drohn und donnerwettern mochte,
Ja, selbst wenn Blitz und Schlag zusammenfielen,
Daß Fritz nie maulte, greinte, wütend wurde;
Nein, unverändert blieb sein stilles Lächeln
Und schien zu sagen: »Arme Kreaturen,
Ihr glaubt mich dumm, *ich* bin der Überlegne.
Kramladenlehrling! *Eure* Welt ist Kram,
Und wenn ihr Waschblau fordert oder Stärke,
Blaut zu, soviel ihr wollt. *Mein* Blau der Himmel.«

So ging die Zeit und Fritz war wohl schon siebzehn;
Ein Oxhoft Apfelwein war angekommen
Und lag im Hof. Von da sollt's in den Keller.
Fritz schlang ein Tau herum, und weil die Hitze
Groß war und drückend, was er wenig liebte,
So warf er seinen Shirting-Rock bei Seite,
Nicht recht geschickt, so daß der Kragenhängsel
Nach unten hing. Und aus der Vordertasche
Glitt was heraus und fiel zur Erde. Lautlos.
Fritz merkt' es nicht. Die Witwe Marzahn aber
Schlich sich heran und nahm ein Buch (das war es)
Vom Boden auf und sah hinein: »Gedichte.
Gedichte, 1. Theil, von Wolfgang Goethe«.
Zerlesen war's und schlecht und abgestoßen
Und Zeichen eingelegt: ein Endchen Strippe,
Briefmarkenränder, und als dritt und letztes
(Zu glauben kaum) ein Streifen Schlagwurstpelle,
Die Seiten links und rechts befleckt, befettet,

Und oben stand, nun was? stand »Mignonlieder«,
Und Witwe Marzahn las: »Dahin, dahin,
Möcht ich mit dir, o mein Geliebter, ziehn.«

Nun war es klar. Um so was träg und langsam,
Um Goethe, Verse, Mignon.
Armer Lehrling,
Ich weiß dein Schicksal nicht, nur eines weiß ich:
Wie dir die Lehrzeit hinging bei Frau Marzahn,
Ging mir das *Leben* hin. Ein Band von Goethe
Blieb mir bis heut mein bestes Wehr und Waffen,
Und wenn die Witwe Marzahn mich gepeinigt,
Und dumme Dinger, die nach Waschblau kamen,
Mich langsam fanden, kicherten und lachten,
Ich lächelte, grad so wie *du* gelächelt,
Fritz Katzfuß, *du* mein Ideal, mein Vorbild.
Der Band von Goethe gab mir Kraft und Leben,
Vielleicht auch Dünkel ... All genau dasselbe,
Nur andres Haar und – keine Sommersprossen.

Verzeiht

Verzeiht den Anekdotenkram
Und daß niemals ich einen »Anlauf« nahm,
Auch niemals mit den Göttern grollte,
Nicht mal den Staat verbessern wollte,
Nicht mal mit »sexuellen Problemen«
Gelegenheit nahm mich zu benehmen.

Der faßt es so, *der* anders an,
Man muß nur wollen, was man kann,
Mir würde der Weitsprung nicht gelingen,
So blieb ich denn bei den näheren Dingen,
Drei Schritt bloß, – – ich weiß, es ist nicht viel,
Aber Freude gibt jedes erreichte Ziel.

DER ECHTE DICHTER

(Wie man sich früher ihn dachte)

Ein Dichter, ein echter, der Lyrik betreibt,
Mit einer Köchin ist er beweibt,
Seine Kinder sind schmuddlig und unerzogen,
Kommt der Mietszettelmann, wird tüchtig
gelogen,
Gelogen, gemogelt, wird überhaupt viel,
»Fabulieren« ist ja Zweck und Ziel.

Und ist er gekämmt und gewaschen zu Zeiten,
So schafft das nur Verlegenheiten,
Und ist er gar ohne Wechsel und Schulden
Und empfängt er pro Zeile 'nen halben Gulden,
Oder pendeln ihm Orden am Frack hin und her,
So ist er gar kein Dichter mehr,
Eines echten Dichters eigenste Welt
Ist der Himmel und – ein Zigeunerzelt.

TU ICH EINEN SPAZIERGANG MACHEN

Tu ich einen Spaziergang machen,
Beschäft'gen mich immer allerlei Sachen.
In das Kommende sich versenken,
Tod und Sterben überdenken,
Gibt es so was wie Fortschritt auf Erden,
Oder werden wir alle russisch werden,
Sollen wir was für den Himmel tun,
Alle diese Fragen ruhn,
Immer nur allerkleinste Sachen
Dürfen einen Anspruch machen.
Warum sind Müllers ausgeblieben?
Warum hatte Schulze nicht geschrieben?
Werd ich der Meyer im Park begegnen?
Wird es schön Wetter oder wird es regnen?
Und im immer weitern Schreiten
Wechseln so die Nichtigkeiten.

Summa summarum
oder
Alles in allem

Eine kleine Stellung, ein kleiner Orden
(Fast wär ich auch mal Hofrat geworden),
Ein bißchen Namen, ein bißchen Ehre,
'ne Tochter »geprüft«, ein Sohn im Heere,
Mit 70 'ne Jubiläumsfeier,
Artikel in Brockhaus und in Meyer.
Altpreußischer Durchschnitt. Summa Summarum,
Es drehte sich alles um Lirum Larum,
Um Lirum, Larum Löffelstiel,
Alles in allem, es war nicht viel.

Als ich 75 wurde

Hundert Briefe sind angekommen,
Ich war vor Freude wie benommen,
Nur etwas verwundert über die Namen
Und über die Plätze, woher sie kamen.

Ich dachte, von Eitelkeit eingesungen:
Du bist der Mann der »Wanderungen«,
Du bist der Mann der märk'schen Geschichte,
Du bist der Mann der märk'schen Gedichte,
Du bist der Mann des Alten Fritzen
Und derer, die mit ihm bei Tafel sitzen,
Einige plaudernd, andre stumm,
Erst in Sanssouci, dann in Elysium,
Du bist der Mann der Jagow und Lochow,
Der Stechow und Bredow, der Quitzow und Rochow,
Du kanntest keine größren Meriten
Als die von Schwerin und vom alten Zieten,
Du fandst in der Welt nichts so zu rühmen
Als Oppen und Groeben und Kracht und Thümen,
An der Schlachten und meiner Begeisterung Spitze
Marschierten die Pfuels und Itzenplitze,
Marschierten aus Uckermark, Havelland, Barnim,

Die Ribbecks und Kattes, die Bülow und Arnim,
Marschierten die Treskows und Schlieffen und
Schlieben,
Und über alle hab ich geschrieben.

Aber die zum Jubeltag da kamen,
Das waren doch sehr sehr andre Namen,
Auch »sans peur et reproche«, ohne Furcht und Tadel,
Aber fast schon von prähistorischem Adel:
Die auf »berg« und auf »heim« sind gar nicht zu fassen,
Sie stürmen an in ganzen Massen,
Meyers kommen in Bataillonen,
Auch Pollacks und die noch östlicher wohnen;
Abram, Isack, Israel,
Alle Patriarchen sind zur Stell,
Stellen mich freundlich an ihre Spitze,
Was sollen mir da noch die Itzenplitze!
Jedem bin ich was gewesen,
Alle haben sie mich gelesen,
Alle kannten mich lange schon,
Und das ist die Hauptsache ..., »kommen Sie, Cohn«.

ZEITUNG

Wie mein Auge nach dir späht,
Morgens früh und abends spät.

Die besten Plätze sind alle leer,
Was noch lebt, gefällt mir nicht mehr.

Aber wie sie mogeln und sich betören,
Davon mag ich noch gerne hören,

Wie sie sich zanken und sich verhetzen,
Ist mir gar nicht zu ersetzen,

Stöcker, Hammerstein, Antrag Kanitz,
Edler zu Putlitz und Edler von Planitz,

Liu-Tang und Liu-Tschang,
Christengemetzel am Yang-tse-Kiang.

Wie sie mogeln und sich betören,
Davon will ich tagtäglich hören,

Und will mir, wenn sie ganz arg es treiben,
Vor Vergnügen die Hände reiben,

Und will aus dem Leitartikel erfahren
Die Gedanken des Sultans oder des Zaren.

Vielleicht entbehrt es des rechten Lichts,
Aber enfin, das schadet nichts,

Im ganzen ist es doch immer noch besser
Als ein Weisheitsschnitt mit eigenem Messer,

Und nichts kann mich so tief empören,
Als auf Zeitungsschreiber schimpfen zu hören.

Da stehn sie mit hochgetragenen Nasen,
»Aus deiner Zeitung? das sind ja Phrasen«,

Die Kerle, die's schreiben, halb Füchse, halb Hasen,
Und was sie schreiben, sind elende Phrasen.

Aber nimm uns die Phrasen auch nur auf drei
Wochen,
So wird der reine Unsinn gesprochen.

Und du, du suchst zwar krampfhaft zu lachen,
Du würdest keine Ausnahme machen.

Meine Reiselust

(früher und jetzt)

»Auf, hinaus in die weite Welt«,
Drauf war mir ehdem der Sinn gestellt,
Mehr als Weisheit aller Weisen
Galt mir reisen, reisen, reisen;
Tsad-See, Kongo, Land der Zwerge,
Kapstadt und die Tafelberge,
Zulus, Nigger mit dickem Flunsche,
Mongolen umfaßt ich mit gleichem Wunsche,
Und Bürgers Lenore mit fliegenden Haaren,
Die so romantisch ums Morgenrot gefahren,
Ob *mit* ihm, ob *ohne*, – daß einer so fährt,
Erschien mir allein schon beneidenswert.
(Freiligrath und den »Löwenritt«
Nahm ich so nebenher noch mit.)
Nach Salas y Gomez wurd ich getrieben,
Wo der Mann die drei Schiefertafeln geschrieben.

Jetzt zwischen Link- und Eichhornstraße
Meß ich meine bescheidenen Maße,
Höchstens bis Königin Luise
Wag ich mich vor, umschreitend diese,
Bleib dann ein Weilchen noch in dem Bereiche
Des Floraplatzes am Goldfischteiche.
Der Wrangelbrunnen bleibt mir zur Linken,
Rechtsher seh ich Goethe winken.
Zuletzt dann vorbei an der Bismarckpforte
Kehr heim ich zu meinem alten Orte,
Zu meiner alten Dreitreppen-Klause,
Hoch im Johanniterhause. –
Schon seh ich grüßen, schon hör ich rufen –
Aber noch 75 Stufen.

Auch ein Stoffwechsel

Im Legendenland, am Ritterbronnen,
Mit Percy und Douglas hab ich begonnen,
Dann hab ich in seiner Schwadronen Mitten
Unter Seydlitz die großen Attacken geritten,
Und dann bei Sedan die Fahne geschwenkt
Und vor zwei Kaiser[n] sie wieder gesenkt.
In der Jugend ist man eben noch dreister,
Mag nicht die Kunst der Handwerkmeister;
Jetzt ist mir der Alltag ans Herz gewachsen,
Und ich halt es mit Rosenplüt und Hans Sachsen.

Was ich wollte, was ich wurde

Was ich mal wollte, was ich dann wurde,
Manchmal grenzt es ans Absurde.
Sprachen sprechen, tutti quanti,
Wollt ich à la Mezzofanti,
Reisen zum Chan zu zwei oder solo
Wollt ich mindestens wie Marco Polo,
Dazu dichten im Stile Dantes,
Prosa schreiben wie Cervantes
Und gemäß dem Schillerschen »Blonden«
Mein Aug erheben zu Kunigonden.
In Dichtung, in Liebe, wie die meisten,
Wünscht ich Erhebliches zu leisten.

All das wollt ich. Aber zur Zeit
Ach, wie bin ich davon so weit!
Leben zwingt uns, die Segel zu reffen,
Sechse treffen, sieben äffen.
Sprachen? An »comment [vous] portez-vous«
Reiht sich schüchtern »how do you do«.
Reisen? Zwischen Treptow und Stralau
Fährt mein Kahn. Den Rest tut Kalau.
Aus den erträumten Orgelakkorden
Ist ein Tipptipp am Spinett geworden.

Anhang

Nachwort

Fontane hatte eine merkwürdig irrige Vorstellung über sein literarisches Nachleben. An seinen Sohn Theo schrieb er 1885, sein »Balladenkapital« sei das »einzige Vermögen«, das er den Kindern hinterlasse. »Wie hoch Ihr das veranschlagen wollt, muß ich Euch überlassen. Wäre der Sinn der Nation ein andrer, so würde dem vorstehenden Satz jede Bitterkeit, jede Selbstironie fehlen; wie's aber 'mal steht und liegt, ist eine alte, sieben Jahre getragene Hausweste allerdings mehr wert als eine Ballade. Die Weste bringt auf dem Trödel wenigstens 1,50 Mark ein.« Seine Bücher, »auch die ›Wanderungen‹ mit einbegriffen«, würden sich nicht weit ins nächste Jahrhundert hineinretten, bemerkte er 1889, aber von den Gedichten werde manches bleiben. Sechs Jahre später schrieb er noch einmal an seinen Verleger Wilhelm Hertz: »Roman, Novelle, selbst wenn sie gut sind, werden rasch abgelöst, das Einzige, was einem eine 50jährige Unsterblichkeit verspricht, sind die Verse.«

Diese Zuversicht (die Kurt Tucholsky kurioserweise bekräftigte) steht im krassen Gegensatz zu den ernüchternden Erfahrungen des Autors mit der brot- und nutzlosen Kunst der lyrischen Produktion. Nur einmal, erzählt Fontane scherzend, wären seine Verse von praktischem Nutzen gewesen: vom Honorar für seine erste Gedichtsammlung habe er sich 1850 seinen Hochzeitsanzug gekauft und die Brautkutsche bezahlt. In dem Gedicht »Auf der Treppe von Sanssouci« fragt ihn Friedrich der Große nach seinem Metier, und er stottert: »Schriftsteller, Majestät. Ich mache Verse.« Und der König lächelt: »Nun hör Er, Herr, / Ich will's Ihm glauben; keiner ist der Tor, / Sich dieses Zeichens ohne Not zu rühmen, / Dergleichen sagt nur, wer es sagen muß, / Der Spott ist sicher, zweifelhaft das andre.«

Fontane läßt den Alten Fritz die Geringschätzung des Dichters durch die Gesellschaft artikulieren, aber er läßt sich auch gleichsam ein königliches Zertifikat für sein selbstbewußtes lyrisches Ich ausstellen. Denn er war von seinem poetischen

Talent überzeugt und stolz darauf, »seinen Vers machen zu können«. Und so hat er, in unterschiedlicher Intensität und oft völlig überlagert von Journalistischem, Reiseliterarischem und Erzählerischem, zeitlebens Gedichte geschrieben. Um die 2000 sind überliefert, ein großer Teil mehr amüsante Reimerei als wirkliche Poesie. Der Kern aber – und das sind mehr als jene 200 Gedichte, die er in der Ausgabe letzter Hand (1898) gelten ließ – stellt eine genuine Leistung im vielgestaltigen Werk Fontanes dar, ein Kabinettstück in der Geschichte der deutschen Lyrik. Dabei fallen die Geniestreiche im Balladesken genauso professionell aus wie die Paradestücke des politischen Gedichts, die Perlen aus dem Bereich des Gelegenheitlichen wie die späten Wunderwerke poetischer Selbstdarstellung.

Die vorliegende Auswahl der schönsten Gedichte unternimmt den Versuch, die thematischen Dominanzen in Fontanes Lyrik zu markieren und – durch chronologische Anordnung innerhalb der sechs Gruppen – die Entwicklung des Autors nachzuzeichnen.

Fontane hat bereits in jungen Jahren zahllose Verse geschrieben und seine ersten Liebeserlebnisse in Reimen festgehalten. Überraschend ist die handwerkliche Perfektion, in der von glücklicher und tragischer Liebe, in romantisches Naturgefühl eingebettet, gedichtet wird, und der verehrte Heinrich Heine läßt überall grüßen.

Früh schon geraten politische Themen in seine Verse, mit denen er sich, sosehr das Pathos Schillers und Herweghs Pate steht, mit selbständigem Profil in die aktivistische Vormärz-Lyrik einreiht. Die Chartisten-Dichtung, die er aus dem Englischen adaptiert, setzt spezifisch sozialkritische Akzente. Er ballt »die Faust in der Tasche«, er »muß mit seinem Volke hadern«, aber er setzt der Vision von den ewig weiterschlafenden Hauptstädtern auch den befreienden Witz der »Berliner Republikaner« entgegen und präludiert damit die durchaus mehrdeutigen Verse auf »Kaiser Wilhelms Helm« und den satirischen Gedichtzyklus »Aus der Gesellschaft«. Fontanes wachsende Distanz zum bourgeoisen Berlin und seiner »Ruppigkeit« und sein tiefes Unbehagen an der Atmosphäre im Kaiserreich drücken sich in bemerkenswerten politischen Gedichten aus: »Gott, ist *die* Gegend runtergekommen.« Zu den typischen Fontaneschen Ambivalenzen gehört, daß derselbe Autor nach den Kriegen von 1864, 1866 und 1870/71 auch die offiziellen »Einzugsgedichte« auf die siegreich durchs Brandenburger Tor paradierenden Truppen verfaßt, in denen Preußens Gloria wie von einem flott reimenden Reporter aufpoliert wird. (Allerdings darf sich 1871 der »große Friedrich« Unter den Linden von seinem Reiter-Denkmal herunterbeugen und den Offizieren eindringlich sagen: »Bon soir, Messieurs, *nun* ist es *genug.*«)

Fontanes poetische Lehranstalt, wo dergleichen gefragt, politische Thematik aber tabu war, hieß der »Tunnel über der Spree«, jener literarische Sonntagsverein, den Geibel als »Kleindichterbewahranstalt« bespöttelte. Bei aller inhaltlichen Enthaltsamkeit hat Fontane dort tatsächlich sein Handwerk perfektioniert und seine ersten offiziösen Triumphe gefeiert. Die brillant gemachten Porträts preußischer Militärs aus der Fridericianischen Epoche polemisieren sogar immanent gegen die Zustände in Fontanes Gegenwart (am deutlichsten vielleicht im »Alten Derfflinger«).

Im »Tunnel« hat Fontane gelernt, wie man »Bilder und Balladen« effektvoll komponiert; seine reifen Leistungen entstanden freilich erst, als er dem »Tunnel« längst entwachsen war. Meisterhaft, wie Erzählung, wörtliche Rede und Dialog eingesetzt werden, um Zivilisationsskepsis (»Die Brück am Tay«), wirkliches Heldentum (»John Maynard«) oder die unsterbliche Legende von Güte und Menschlichkeit an den Birnen von Ribbeck zu demonstrieren.

An Perfektion steht die »leichtgereimte Zeile«, die Fülle der guten Gelegenheitsgedichte diesen Gebilden in nichts nach. Wenn Fontane im Familien- oder Freundeskreis eingeladen war, konnten die Gastgeber sicher sein, daß er seinen berühmten »Toastzettel« aus der Rocktasche zog und »Leben in die Bude« brachte (wie er seinen Beitrag zur gehobenen Geselligkeit gern bezeichnete). Frau Fontane hatte sich rasch damit abgefunden, daß sie von ihrem Mann zu Weihnachten und zum Geburtstag Verse als Geschenkersatz erhielt. Seine Bücher dedizierte er häufig mit kleinen witzigen Gedichten, und mitunter nahm er auch markante Stationen und gefühlsträchtige Situationen auf seinem Lebensweg zum poetischen Anlaß: »Bei Verbannung meines Tagebuches« (1844), »Die Tage von

Dobbertin« (1871) bis zu seinen letzten Versen »Als ich zwei dicke Bände herausgab« (1898).

In den achtziger und neunziger Jahren bannt er dann das Lebensgefühl des alternden Mannes in faszinierende Gedichte: leise Resignation, Vertrautsein mit dem Tod, mit dem »letzten dunklen Punkt«: »Und im Herzen tiefe Müdigkeit, / Alles mahnt mich, es ist Zeit.« Er gewinnt eine souveräne Sicht auf Altern und Sterben und spricht mit großer Würde davon – wie in seinem »Stechlin«-Roman. Irritiert von der politischen Entwicklung in Deutschland, frustriert von der Erfolglosigkeit seiner literarischen Bemühungen, fallen dem einsamer werdenden Spaziergänger im Berliner Tiergarten wunderbare, wunderbar schlichte Gedichte ein. Und er hält teils bitter-sarkastische, meist aber heiter-ironische Rückschau auf sein Leben und bekennt sich trotz aller Demütigungen und Enttäuschungen zu seiner Biographie:

»Und sollt ich noch einmal die Tage beginnen,
Ich würde denselben Faden spinnen.«

Gotthard Erler

Alphabetisches Verzeichnis der Gedichte nach Überschriften und Anfängen

Inhalt

Am Waldessaume träumt die Föhre,
Am Himmel weiße Wölkchen nur

Natur, Liebe, Glück

Und der Hermundure stottert beklommen:
»Gott, ist *die* Gegend runtergekommen.«

Politik und Gesellschaft

»Wann treffen wir drei wieder zusamm?«
» Um die siebente Stund, am Brückendamm.«

BILDER UND BALLADEN

Und ist nichts in Sicht geblieben
Als der letzte dunkle Punkt

Resignation

Es geht zu End und ich blicke zurück.
Wie war mein Leben? wie war mein Glück?

Lebensrückblicke

Anhang

AtV

Band 5258 **Theodor Fontane**

Meine Kinderjahre

Autobiographischer Roman

216 Seiten

ISBN 3-7466-5258-8

Fontane war 72 Jahre alt, als er 1892 lebensbedrohlich erkrankte und sich monatelang nicht erholen konnte. In dieser Lage ermunterte ihn sein Hausarzt zur Niederschrift seiner Lebenserinnerungen: »Fangen Sie gleich morgen mit der Kinderzeit an!«

Der Rückblick auf fünf glückliche Jahre in dem Ostseestädtchen Swinemünde gerät dem Dichter zum buntbewegten Bild einer Kindheit mit ihren unvergeßlichen Erlebnissen und einer Fülle liebenswerter und skurriler Gestalten.